Пятая гора

София
2001

Пауло Коэльо

Пятая гора

Коэльо, Пауло. Пятая гора.
Пер. с португальского. — К.: «София».
М.: ИД «Гелиос», 2001. — 272 с.

ISBN 5-220-00390-9 («София»)
ISBN 5-344-00082-0 («Гелиос»)

«Пятая гора» — мастерский и захватывающий рассказ о 23-летнем Илье-пророке, жившем в IX веке до н. э.

Под угрозой казни Илия вынужден покинуть родную страну. Он находит прибежище в прекрасном древнем городе Акбаре, у молодой вдовы и ее сына. Илие мучительно трудно сохранять свою святость в мире, истерзанном тиранией и войнами, а тут еще приходится выбирать между впервые открывшейся ему любовью и глубоким чувством долга...

Живописуя драматические приключения в ярком и хаотическом мире Ближнего Востока, Пауло Коэльо превращает рассказ о пророке Илии в необычайно трогательную поэму об испытании человеческой веры.

«Прекрасная сказка о судьбе...»
The Independent, Англия, март 1998 г.

Перевод с португальского А. В. Эмин

© 1998 by Paulo Co
© «София», 2001
© ИД «Гелиос», 200

ISBN 5-220-00390-9 («София»)
ISBN 5-344-00082-0 («Гелиос»)

*Посвящается А. М., воину света,
и Мауро Саллешу*

Предисловие автора

Главная мысль моей книги «Алхимик» заключена в фразе, которую, обращаясь к пастуху Сантьяго, произносит царь Мельхиседек: «Когда ты чего-нибудь желаешь очень сильно, вся Вселенная помогает тебе достигнуть этого».

Я верю в это всем сердцем. Между тем прожить жизнь и добиться воплощения своей судьбы означает пройти целый ряд этапов, смысл которых нередко недоступен нашему пониманию. Цель этих этапов — каждый раз возвращать нас на путь нашей Судьбы, или же преподнести нам уроки, которые помогают осуществить свое предназначение. Думаю, что смогу лучше проиллюстрировать эти слова, рассказав один эпизод из своей жизни.

12 августа 1979 года я лег спать, зная в точности одно: к тридцати годам я достиг пика своей карьеры. Я работал художественным директором студии *CBS* в Бразилии. Недавно меня пригласили в США на встречу с владельцами компании, занимающейся звукозаписью. Я был уверен, что мне предоставят полную свободу для осуществления всех моих планов. Конечно, моя заветная мечта — стать писателем — отодвигалась в сторону, но какое это имеет значение? В конце концов, реальная жизнь совсем

не похожа на ту, какой я ее себе представлял. В Бразилии нельзя прожить, занимаясь только литературой.

В ту ночь я окончательно решил отказаться от своей мечты — нужно было так или иначе приспосабливаться к жизни. Если моя душа будет противиться этому, я попытаюсь схитрить: время от времени буду сочинять слова к музыке или писать статейки для какой-нибудь газеты. В остальном же я был убежден, что, хотя моя жизнь пошла по-другому пути, она не стала менее интересной, и в мире музыки меня ожидало блестящее будущее.

Как только я проснулся, раздался телефонный звонок: это был президент компании. Из его слов стало ясно, что меня только что уволили без всяких объяснений. В течение последующих двух лет я стучался в разные двери, но так и не смог получить работу в этой области.

Завершая работу над «Пятой горой», я вспомнил и этот случай, и другие проявления неизбежного в моей жизни. Всякий раз, когда мне казалось, будто я достиг вершины, что-нибудь случалось — и я летел вниз. Я спрашивал себя: почему так происходит? Неужели я осужден вечно приближаться к заветной черте, но никогда не достичь ее? Неужели Бог так жесток, что посылает мне мираж — оазис на горизонте — только лишь для того, чтобы я умер от жажды посреди пустыни?

Мне понадобилось много времени, дабы понять, что это не так. Одни события происходят в нашей жизни для того, чтобы вернуть нас на истинный путь Судьбы. Другие нужны для того, чтобы мы применили в жизни свои познания. А некоторые события призваны *научить нас*.

В книге «Паломничество» я хотел показать, что эти уроки не всегда связаны с болью и страданием. Достаточно отнестись к ним серьезно и внимательно. Понимание этого стало истинным благословением на моем жизненном пути. Но я так и не смог до конца понять смысл некоторых событий моей жизни, хотя был достаточно собранным и внимательным.

Случай, описанный выше, можно считать одним из таких примеров. Я был настоящим профессионалом, вкладывал в работу всю свою душу. Некоторые свои идеи я до сих пор нахожу довольно удачными. Но неизбежное случилось именно в тот момент, когда я был спокоен и уверен в себе как никогда. Думаю, многие люди пережили нечто подобное. Неизбежное коснулось жизни каждого человека на Земле. Одни выстояли, другие отступились, но каждый пережил свою трагедию.

Зачем? Чтобы ответить себе на этот вопрос, я отправился вместе с Илией в Акбар.

Пауло Коэльо

«И сказал: истинно говорю вам: никакой пророк не принимается в своем отечестве.

Поистине говорю вам: много вдов было в Израиле во дни Илии, когда заключено было небо три года и шесть месяцев, так что сделался большой голод по всей земле,

и ни к одной из них не был послан Илия,

а только ко вдове в Сарепту Сидонскую».

От Луки. 4: 24—26

ПРОЛОГ

К началу 870 г. до н. э. государство Финикия — израильтяне называли его Ливан — уже три столетия жило в мире. Финикия не обладала особым политическим влиянием, и, чтобы выжить на земле, сотрясаемой бесконечными войнами, ее жителям пришлось развивать торговлю, в чем они немало преуспели. Финикийцы были вправе гордиться своими достижениями. Союз с израильским царем Соломоном, заключенный около 1000 г. до н. э., позволил им создать более современный флот и расширить торговлю. С тех пор Финикия продолжала успешно развиваться.

К этому времени финикийские мореплаватели достигли берегов Испании и Атлантического океана. Существуют теории, пока не подтвержденные наукой, о том, что финикийцы побывали даже на северо-востоке и юге Бразилии. Они перевозили на кораблях стекло, кедровую древесину, оружие, железо и слоновую кость. Жители крупных городов, таких, как Сидон, Тир и Библос, были знакомы с числами, астрономией, виноделием и уже почти двести лет пользовались набором письменных знаков, который греки называли «алфавит».

В начале 870 г. до н. э. в далеком городе Ниневия собрался военный совет. Ассирийские военачальники решили отправить свои войска на завоевание стран побережья Средиземного моря. Первой страной, которую они избрали для вторжения, стала Финикия.

В начале 870 г. до н. э. в израильском городе Галааде двое мужчин, прячась в конюшне, с минуты на минуту ожидали смерти.

Часть первая

Я служил Богу, а он оставляет меня сейчас в руках врагов моих, — сказал Илия.

— Бог есть Бог, — ответил левит. — Не сказал Он Моисею, благ Он или не благ; сказал лишь: «Я есмь». Значит, Он есть все, что существует под Солнцем — и молния, разрушающая дом, и рука человека, строящего его заново.

Беседа была единственным способом отогнать страх; в любой момент в конюшню, где они находились, могли ворваться воины, обнаружить их и поставить перед выбором: поклониться Ваалу — финикийскому богу — или пойти на казнь. Воины обыскивали каждый дом, обращая пророков в свою веру или убивая их.

Возможно, левит обратится в другую веру и избежит смерти. Но у Илии выбора не было — все происходило по его вине, и Иезавель во что бы то ни стало хотела получить его голову.

— Ангел Господень велел мне пойти к царю Ахаву и предупредить его, что не будет дождя, пока в Израиле поклоняются Ваалу, — сказал он, словно оправдываясь в том, что услышал голос ангела. — Но Господь вершит дела Свои неспешно; к тому времени, когда засуха сделает свое дело, царевна Иезавель истребит всех, кто хранил верность Господу.

Левит ничего не сказал. Он размышлял о том, что ему делать: поклониться Ваалу или умереть во имя Бога.

— Кто есть Бог? — продолжал Илия. — Не Он ли поддерживает меч воина, казнящего тех, кто не предает веру наших отцов? Не Он ли посадил на трон иноземную царевну, чтобы на нас обрушились все эти несчастья? Разве не Бог убивает верных себе, невинных, следующих закону Моисея?

Левит принял решение — он предпочел умереть. Он засмеялся, потому что мысль о смерти больше его не страшила. Повернувшись лицом к юному пророку, он попытался успокоить его.

— Спроси у Самого Бога, раз ты сомневаешься в Его решениях, — сказал он. — Я уже смирился со своей участью.

— Не может Бог желать, чтобы нас безжалостно убили! — настаивал Илия.

— Бог может все. Если бы Он творил только то, что мы зовем Добром, не могли бы мы назвать Его Всемогущим; Он царил бы только в одной части Вселенной, а некто, более могущественный, чем Он, следил бы за Его делами и судил их. В таком случае я бы стал поклоняться Тому, кто могущественнее.

— Если Он может все, почему не оберегает от страданий тех, кто Его любит? Почему не спасает нас, а врагам Своим дает власть и славу?

— Не знаю, — ответил левит. — Но причина есть, и я надеюсь скоро узнать ее.

— Ты не знаешь ответа.

— Не знаю.

Они погрузились в молчание. Илия чувствовал, как холодный пот струится между лопаток.

— Ты напуган, а я уже смирился со своей участью, — пояснил левит. — Вот выйду отсюда и покончу с этой мукой. Всякий раз, когда я слышу вопль на улице, я страдаю, представляя себе, каково мне будет, когда придет мой час. Пока мы сидели здесь взаперти, я уже сотни раз умер, а мог бы умереть всего однажды. Раз уж не сносить мне головы, пусть это случится как можно быстрее.

Он был прав. Илия слышал те же крики, и ожидание неизбежной смерти уже стало невыносимым.

— Я пойду с тобой. Я устал бороться за несколько лишних часов жизни.

Он поднялся, открыл дверь и впустил в конюшню лучи солнца, осветившие двух прячущихся там мужчин.

◆

Левит взял его за руку, и они двинулись в путь. Если бы крики и вопли не нарушали тишину, этот день мог бы показаться обычным днем обычного города — не слишком палящее солнце, приятный легкий ветерок с далекого океана, запыленные улицы, дома из глины и соломы.

— Наши души охвачены страхом смерти, а день такой чудесный, — сказал левит. — Сколько раз, когда я чувствовал себя в ладу с Богом и миром, погода стояла ужасная! Ветер из пустыни засыпал песком мои глаза, и я ничего не видел в двух шагах от себя. Не всегда замысел Его согласуется с тем, что мы чувствуем; но я точно знаю, что у Него есть на все своя причина.

— Велика твоя вера!

Левит посмотрел на небо, будто размышляя о чем-то. Затем обратился к Илие:

— Не стоит так уж удивляться, я сам с собой поспорил. Поспорил, что Бог существует.

— Ты же пророк, — возразил Илия. — Ведь ты, как и я, слышишь голоса и знаешь, что есть другой мир кроме этого.

— Может быть, это только мое воображение.

— Ты видел знаки Бога, — настаивал Илия, уже испытывая тревогу от слов своего спутника.

— Может быть, это только мое воображение, — повторил левит. — На самом деле мой спор с самим собой — все, что у меня есть. Я сам себя убеждаю, что все исходит от Всевышнего.

◆

На улице было пустынно. Жители города, сидя в своих домах, выжидали, когда воины Ахава завершат дело, порученное им иноземной царевной: казнить пророков Израиля. Илия шел рядом с левитом и чувствовал, что из-за каждого окна, из-за каждой двери кто-то следит за ним — и винит его в происходящем.

— Не просил я об участи пророка. Наверное, все это плод моего воображения, — рассуждал Илия.

Но после случившегося в плотницкой он знал, что это не так.

◆

С детства он слышал голоса и разговаривал с ангелами. Как раз тогда его родители и решили обратиться к священнику. Задав мальчику множество вопросов, священник пришел к выводу, что он — пророк, «наби», «человек духа», «избранник Божий».

После долгой беседы с мальчиком священник сказал его родителям, что они должны серьезно относиться ко всему, что будет говорить их сын.

Выйдя от священника, родители потребовали, чтобы Илия никогда и никому больше не рассказывал о том, что видит или слышит. Пророку приходится иметь дело с правителями, а это всегда опасно.

Так или иначе, Илия никогда больше не слышал того, что могло заинтересовать священников или царей. Он разговаривал только со своим ангелом-хранителем и слушал советы, касающиеся его собственной жизни; время от времени у него были видения, которые ему никак не удавалось понять, — далекие океаны, горы, полные странных существ, круги с глазами и крыльями. Когда все заканчивалось, он, послушный своим родителям, старался как можно быстрее забыть видения.

Поэтому голоса и видения стали посещать его все реже и реже. Родители были довольны и больше не заводили разговоров на эту тему. Илия достиг того возраста, когда уже сам должен был обеспечивать себе пропитание, и родители дали ему денег, чтобы он мог открыть маленькую плотницкую мастерскую.

◆

Нередко Илия с почтением взирал на других пророков, проходивших по улицам Галаада в меховых одеждах, стянутых кожаными поясами. Они говорили, что Господь *выделил* их, чтобы они вели за собой избранный народ. Конечно, это была не его участь; он ни за что на свете не стал бы вызывать священный трепет плясками или самобичеванием, подобно другим «избранникам», — он боялся боли. Никогда в жизни не стал бы он ходить по улицам Галаада, гордо демонстрируя рубцы и раны от бичей, — он был слишком робок.

Илия считал себя, да и был, обычным человеком. Он одевался как все остальные и терзал лишь свою душу — теми же страхами и соблазнами, что и обычные смертные. По мере того как он все лучше овладевал своим ремеслом, ему все реже слышались голоса; наконец они совсем оставили его — ведь у взрослых, людей, занятых делом, на это нет времени. Его родители были довольны сыном, и жизнь текла мирно и безмятежно.

Со временем беседа священника с маленьким мальчиком превратилась в полузабытое воспоминание. Илия не мог поверить, что Всемогущему Богу нужно разговаривать с людьми, чтобы они чтили Его законы. То, что случалось с ним когда-то давно, и само его детство были лишь фантазией беззаботного мальчишки. В Галааде, его родном городе, жили люди, которых местные жители считали сумасшедшими. Они не могли и двух слов связать, и им не дано было отличить Божий глас от бреда безумца. Всю жизнь они проводили на улицах, предсказывая конец света и кормясь подаянием. Однако ни один из священников не считал их «избранниками Божьими».

Со временем Илия пришел к выводу, что сами священники никогда не были уверены в том, что говорили. «Избранники Божьи» появлялись потому, что страна не знала своего пути, ее раздирали междоусобные войны, ежечасно сменялись правители. И не было различия между пророками и безумцами.

Узнав о свадьбе царя Ахава и царевны тирской, Иезавели, Илия не придал этому особого значения. Другие цари Израиля поступали так же, и вслед за тем на долгие годы в стране воцарялся мир, успешно шла торговля с Ливаном. Илию не очень трогало то, что жители соседней страны поклоняются несуществующим богам или исповедуют странные культы, подобные обожествлению животных и гор. Честная торговля — вот что было для него самое важное.

Илия, как и прежде, покупал кедровое дерево из Ливана и продавал изготовленные в своей плотницкой мастерской товары. Хотя жители этой страны были несколько спесивы и сами себя любили называть «финикийцами» — из-за особенного цвета кожи, — ни один из ливанских торговцев никогда не пытался нажиться на смуте, царившей в Израиле. Они честно платили за товары и не вмешивались в междоусобицы и политические дела Израиля.

◆

Взойдя на престол, Иезавель потребовала, чтобы Ахав заменил культ единого Бога культом богов Ливана.

Такое случалось и прежде. Илия, хотя и был возмущен согласием Ахава, продолжал поклоняться Богу Израилеву и исполнять законы Моисея. «Это пройдет, — думал он. — Иезавель соблазнила Ахава, но не в ее силах убедить весь народ».

Иезавель была женщиной особенной; она верила, что послана богом Ваалом в этот мир для того, чтобы обращать народы и страны в свою веру. Хитрая и умеющая ждать, она стала одаривать всех, кто отступал от единого Бога. Ахав повелел построить капище Ваалу в Самарии, а внутри него поставил жертвенник. Началось паломничество, и повсюду стал распространяться культ богов Ливана.

«Это пройдет. Одному поколению придется, наверное, потерпеть, но это пройдет», — как и прежде, думал Илия.

◆

И вот случилось то, чего он не ждал. Однажды вечером, когда Илия почти закончил строгать столешницу, в мастерской вдруг потемнело, и тысячи белых звездочек заискрились кругом. Он почувствовал необыкновенную головную боль; хотел сесть, но не мог двинуть ни рукой, ни ногой.

«Я умер, — подумал он в тот же миг. — И теперь мне ясно, куда посылает нас Господь после смерти — в центр небосвода».

Одна из звездочек засверкала ярче других, и вдруг как бы одновременно со всех сторон раздался голос.

И было к нему слово Господне: скажи Ахаву, что жив Господь Бог Израилев, пред которым стоишь, в сии годы не будет ни росы, ни дождя, разве только по Моему слову.

В следующий миг все стало как прежде — стены мастерской, вечерний свет, голоса детей, играющих на улице.

◆

В ту ночь Илие не спалось. Впервые за много лет к нему вернулись ощущения детства; но говорил с ним не его ангел-хранитель, а кто-то более могущественный и сильный. Он испугался, что вся торговля его будет проклята, если он не выполнит свою задачу.

На следующее утро он решил исполнить то, что ему было велено. В конце концов, он всего лишь посланник того, о ком ничего не знал; как только он выполнит то, что от него требуется, голоса перестанут его тревожить.

Добиться встречи с царем Ахавом было нетрудно. Много лет назад, с тех пор, как на трон взошел царь Соломон, пророки приобрели особый вес в торговле и управлении страной. Они могли жениться, заводить детей, но всегда должны были находиться в распоряжении своего Господа, чтобы правители никогда не отклонялись от правильного пути. По традиции считалось, что именно благодаря «избранникам Божьим» было одержано много побед в сражениях. И жив был Израиль только потому, что при правителях всегда были пророки, возвращавшие их на правильный путь, если они от него отклонялись.

Илия пришел во дворец и предупредил царя о засухе, грозившей опустошить земли Израиля, покуда не будут изгнаны финикийские боги.

Государь не придал особого значения его словам, а вот Иезавель, сидевшая рядом с Ахавом и внимательно слушавшая то, что говорил Илия, стала подробно его расспрашивать. Илия рассказал ей о видении, о боли в голове, о том, как, слушая ангела, почувствовал, что время остановилось. Описывая то, что с ним приключилось, он имел возможность получше разглядеть царицу, о которой все столько говорили. То была одна из самых прекрасных женщин, каких ему когда-либо доводилось видеть: длинные черные волосы до пояса, гибкий, стройный стан. Ее зеленые глаза, сверкавшие на смуглом лице, неотрывно смотрели в глаза Илии. Он не мог понять, что хотят сказать эти глаза, и уж точно не мог знать, какое воздействие оказывают его слова.

Он покинул дворец, уверенный в том, что исполнил свою миссию и теперь может вернуться к работе в мастерской. На обратном пути возжелал он Иезавель со всем пылом своих двадцати трех лет, и попросил Бога, чтобы повстречалась ему женщина из Ливана — они там так хороши! — такая же смуглолицая и с зелёными глазами, полными тайны.

◆

Остаток дня он трудился в мастерской и ночью спал спокойно. На заре его разбудил левит. Иезавель сумела убедить царя в том, что пророки представляют опасность для дальнейшего процветания Израиля. Воинам Ахава было приказано казнить тех, кто не отречется от священного обета Богу.

Однако Илия не имел права выбора. Он должен был умереть.

Два дня Илия и левит провели, прячась в конюшне в южной части Галаада. За это время были казнены четыреста пятьдесят пророков. Но большинство пророков, которые раньше бичевали себя на улицах и предсказывали конец света, теперь согласились принять новую веру.

Резкий свист и последовавший за ним глухой звук падения прервал размышления Илии. Встревоженный, он обернулся к своему спутнику:

— Что с тобой?

Ответа он не услышал. Тело левита рухнуло на землю, пронзенное стрелой в самое сердце.

Перед ним стоял воин и снова натягивал тетиву. Илия посмотрел вокруг: дома с закрытыми дверями и окнами, яркое солнце в небе, легкий ветерок с океана. Он столько слышал об океане, а вот увидеть его теперь уже не доведется. Он хотел бежать, но знал, что стрела поразит его раньше, чем он достигнет ближайшего поворота.

«Если уж суждено мне погибнуть от стрелы, то пусть она поразит меня не в спину», — подумал Илия.

Воин снова поднял лук. К своему удивлению, Илия не чувствовал ничего: ни страха, ни желания жить. Словно все было давно предопределено, и они оба — воин и он сам — играют роли в пьесе, написанной кем-то другим. Он вспомнил свое детство, дни и ночи в Галааде, незаконченную работу, которую он оставит в мастерской. Подумал об отце и матери, которые не хотели, чтобы их сын был пророком. Вспомнил глаза Иезавели и улыбку царя Ахава.

Он подумал: как глупо умереть в двадцать три года, так и не познав любви женщины.

Рука натянула тетиву, стрела рассекла воздух, пронеслась, звеня, мимо правого уха Илии и плашмя упала на пыльную землю позади него.

Воин наложил на тетиву новую стрелу и прицелился. Но вместо того чтобы пустить стрелу, он пристально посмотрел в глаза Илии.

— Я лучший стрелок из всех воинов Ахава, — сказал он. — За семь лет я не промахнулся ни разу.

Илия обернулся и посмотрел на тело левита.

— Эта стрела предназначалась тебе.

Воин держал лук натянутым, но руки его дрожали.

— Единственный пророк, который должен был умереть, — Илия. Другие могли выбрать веру в Ваала.

— Так заверши свой труд.

Его удивляло собственное спокойствие. Ночами в конюшне он столько раз представлял себе смерть, и теперь понимал, что не стоило так страдать. Через несколько секунд все будет кончено.

— Не могу, — сказал воин. Лук ходил ходуном в его трясущихся руках. — Уйди прочь с моих глаз. Видно, мои стрелы отвел Бог, и Он меня покарает, если я убью тебя.

Чем яснее Илия осознавал, что может остаться в живых, тем больше им овладевал страх смерти. Где-то еще маячила надежда увидеть океан, встретить женщину, завести семью и закончить свою работу в мастерской.

— Убей меня скорее, — сказал он. — Не заставляй меня долго страдать.

Воин посмотрел по сторонам, чтобы убедиться, нет ли свидетелей этой сцены. Затем опустил лук, спрятал стрелу и исчез за поворотом.

Илия почувствовал, как слабеют его ноги. На него с новой силой наваливался страх смерти. Надо было немедленно бежать, исчезнуть из Галаада, никогда не встречать на своем пути воина с натянутым луком. Он не выбирал свою судьбу и к Ахаву отправился не для того, чтобы похвастаться перед соседями, будто может разговаривать с самим царем. Не его вина, что пророков убили, тем более

он не был виноват, что видел чудо, когда время остановилось, а мастерская осветилась искрящимися звездочками.

Илия тоже осмотрелся по сторонам — на улице было пустынно. Он хотел проверить, нельзя ли спасти жизнь левита, но тут на него вновь нахлынул страх, и он убежал прежде, чем кто-либо появился.

Он долго брел нехожеными тропами, пока не оказался на берегу небольшой реки Хораф. Ему было стыдно за свою трусость, но он радовался, что остался жив.

Он выпил воды, сел на землю и только теперь понял, что его ждет: завтра нужно будет чем-то питаться, а в пустыне не найти пищи.

Он вспомнил свою мастерскую, работу, которую ему пришлось оставить. У него были друзья среди соседей, но он не мог на них рассчитывать. Слухи о его побеге, должно быть, уже распространились в городе, и все ненавидят его за то, что он бежал, обрекая истинных верующих на муки.

Всему, чего он достиг, пришел конец, и только потому, что он решил исполнить волю Божию. Завтра и в последующие дни, недели и месяцы в его дверь будут стучать торговцы из Ливана, и кто-нибудь скажет им, что хозяин мастерской сбежал и что именно он в ответе за невинно пролитую кровь. Наверное, станут говорить и о том, что он пытался уничтожить богов-покровителей земли и небес. Вскоре об этом узнают и за пределами Израиля, и он навсегда распрощается с мечтой жениться на женщине, не уступающей по красоте ливанкам.

◆

«Где-то есть корабли».

Да, где-то были корабли. Преступников, военнопленных, беглых обычно брали в матросы — ведь это более опасная профессия, чем воин. У воина всегда есть шанс остаться на войне живым. Моря же таят в себе много неизвестного, полны чудовищ. Когда происходит кораблекрушение, в живых не остается никто.

Корабли существуют, но принадлежат они финикийским торговцам. Илия не был преступником, пленным или беглецом, он был человеком, посмевшим возвысить голос против бога Ваала. Узнав об этом, финикийцы убьют его и бросят в море, ибо моряки верят, что Ваал и его боги покровительствуют штормам и бурям.

Он не мог отправиться к океану. Не мог идти на север, потому что там находится Ливан. Не мог идти на восток, где некие израильские племена уже два поколения ведут между собой войну.

Он вспомнил спокойствие, которое ощутил, стоя лицом к лицу с воином. В конце концов, что такое смерть? Смерть — это мгновение, и только. Даже если ты чувствуешь боль, она скоро пройдет, и тогда Господь примет тебя в Свое лоно.

Он опустился на землю и долго смотрел в небо. Попробовал спорить с собой, как это делал левит. Это был спор не о существовании Бога — в этом у него не было сомнений, — а о смысле жизни.

Он видел горы и землю, которую скоро иссушит долгая засуха — так сказал ему ангел Господень. Земля еще хранила свежесть многолетних обильных дождей. Он видел реку Хораф, воды которой скоро обмелеют. Горячо и искренне он попрощался с миром и попросил Господа принять его, когда наступит время.

Он подумал о смысле своего существования и не получил ответа.

Подумал о том, в какую сторону ему нужно идти, и понял, что идти некуда.

На следующий день ему придется вернуться и сдаться, хотя при мысли об этом его снова охватил страх смерти.

Он попытался утешить себя тем, что проживет еще несколько часов. Но это были крохи. В конце концов он понял, что почти не бывает таких дней в жизни, когда человек властен принимать решение.

На следующий день Илия проснулся и снова посмотрел на реку Хораф.

Завтра или через год от нее останется лишь дорога, покрытая мелким песком и круглыми камешками. Местные жители будут по-прежнему называть это место Хорафом и, показывая в ту сторону, где раньше протекала река, скажут: «Это недалеко отсюда, на берегу реки». Путешественники пойдут туда, увидят круглые камешки и мелкий песок и подумают про себя: «Когда-то здесь была река». Но воды — того единственного, что нужно реке, чтобы быть рекой и утолить их жажду, — там больше не будет.

Души людские, как и реки и растения, тоже нуждаются в дожде. Особом дожде — надежде, вере и смысле жизни. Если дождя нет, все в душе умирает, хотя тело еще живет. Люди могут сказать: «В этом теле когда-то жил человек».

Не время размышлять об этом. Илия снова вспомнил разговор с левитом незадолго до того, как они ушли из конюшни. Какой смысл умирать столько раз, если достаточно одной смерти? Все, что ему нужно, — ждать воинов Иезавели. Они придут, нет ни малейшего сомнения, ведь путей бегства из Галаада не так много. Преступники всегда бежали в пустыню, где в считанные дни их настигала смерть, или в сторону реки Хораф, где их в конце концов удавалось схватить.

Скоро стражники будут здесь. И, увидев их, он обрадуется.

◆

Он выпил прозрачной речной воды. Умыл лицо и сел в тени — дожидаться преследователей. Человек не может бороться со своей судьбой. Он пытался бороться и проиграл.

Хотя священники признавали его пророком, он предпочитал трудиться в плотницкой. Но Господь снова вернул его на истинный путь.

Не он один пытался отступиться от судьбы, уготованной Богом каждому человеку на земле. У него был друг, обладавший прекрасным голосом. Родители не позволили ему стать певцом, так как это занятие опозорило бы семью. В детстве у одной его подруги были редкие способности к танцам. Семья запретила ей танцевать, ведь ее мог взять к себе во дворец царь, а ведь никто не знал, как долго он будет на троне. И потом, считалось, что во дворце распущенные нравы, а это навсегда лишит ее возможности удачно выйти замуж.

«С самого рождения человек пытается обмануть свою судьбу».

Бог ставит перед нашими душами только непосильные задачи.

«Зачем?»

Наверное, для того, чтобы хранить традиции.

Этот ответ неудачен.

«Жители Ливана потому и оставили нас позади, что смогли отказаться от традиций мореплавателей. Когда весь мир плавал на устаревших кораблях, ливанцы решили построить нечто новое. Многие поплатились за это жизнью, но зато их корабли стали намного лучше. Теперь они управляют торговлей во всем мире. Они заплатили высокую цену, чтобы добиться этого, но оно того стоило».

Наверное, человек обманывает судьбу потому, что Бог слишком далек от него. Он наполнил души людей мечтой о таких временах, когда все станет возможным, а Сам обратился к другим делам. Мир стал другим, жизнь стала еще тяжелее, а Господь так и не вернулся, чтобы изменить мечты людей.

Господь далеко. Но если Он по-прежнему посылает ангелов, чтобы те разговаривали с Его пророками, значит, на земле еще осталось много дел. Итак, каков будет ответ?

«Наверное, наши родители боятся, что мы повторим их ошибки. А может быть, сами они никогда не ошибались и поэтому не смогут помочь нам в трудную минуту».

Он чувствовал, что вот-вот поймет что-то.

Недалеко от него несла свои воды река, в небе парили вороны, растения упорно пробивались сквозь бесплодную песчаную почву. Если бы они прислушались к голосам предков, что те могли бы им сказать?

«Речка, найди лучшее место для своих прозрачных вод, где они смогут весело сверкать на солнце, — ибо скоро их высушит пустыня», — сказал бы бог воды, если существуют боги.

«Вороны, вы найдете себе больше пропитания в лесах, чем меж скал и песков», — сказал бы бог птиц.

«Травы, бросайте свои семена подальше отсюда, ведь мир полон плодородной и влажной земли, и вы вырастете еще прекраснее», — сказал бы бог трав.

Но река Хораф, и травы, и вороны — один из них опустился рядом на ветку — не решались сделать то, чего не могли другие реки, птицы или травы.

Илия внимательно посмотрел на ворона.

— Кажется, я начинаю понимать, — сказал он птице. — Хотя пользы от этого мало, ведь я приговорен к смерти.

— Видишь, как все просто, — казалось, ответил ворон. — Достаточно быть смелым.

Илия засмеялся, ведь он наделял речью ворона. Это была забавная игра, ей он научился у одной женщины, которая пекла хлеб. Он решил играть так и дальше. Он будет спрашивать и сам себе отвечать, словно настоящий мудрец.

Ворон тем временем взмыл в небо. Илия снова погрузился в ожидание воинов Иезавели — ведь умереть достаточно один раз.

Прошел день, и не случилось ничего нового. Неужто в Галааде забыли, что еще жив главный враг бога Ваала? Почему его не преследует Иезавель, ведь она, конечно, знает, где он?

«Но ведь я видел ее глаза — она женщина мудрая, — сказал себе Илия. — Если я умру, то стану мучеником во имя Бога. А если меня назовут беглецом, то я останусь в памяти трусом, который сам не верил в то, что говорил».

Да, таков был замысел царицы.

◆

Незадолго до наступления ночи снова прилетел ворон — неужели тот самый? — и сел на ветку, где Илия уже видел его утром. Ворон держал в клюве небольшой кусок мяса. Вдруг он уронил его на землю.

Это было чудом для Илии. Он подбежал к дереву, схватил мясо и съел его. Он не знал, откуда взялся этот кусок, да и не хотел знать: важно было, что он немного утолил голод.

Ворон, как ни странно, не улетел.

«Эта птица знает, что я умру здесь от голода, — подумал Илия. — Она подкармливает свою добычу, чтобы потом устроить себе настоящий пир».

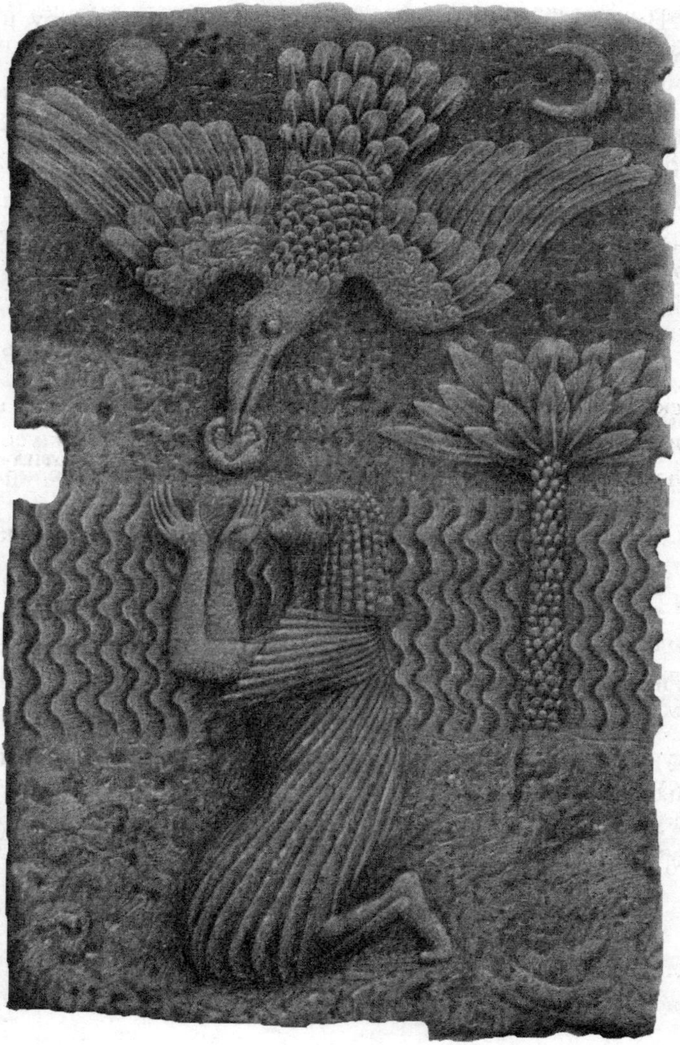

Вот и Иезавель — она тоже подкармливает веру в Ваала историей бегства Илии.

Какое-то время они — человек и птица — смотрели не мигая друг на друга. Илия снова вспомнил утреннюю игру.

— Хотел бы я поговорить с тобой, ворон. Сегодня утром я думал о том, что душу необходимо питать. Если моя душа еще не умерла от голода, ей есть что сказать.

Птица осталась неподвижной.

— Если ей есть что сказать, то я должен выслушать ее. Ведь больше мне разговаривать не с кем, — продолжал Илия.

Призвав на помощь все свое воображение, он обратился в ворона.

— Чего ждет от тебя Бог? — спросил он себя, как будто был вороном.

— Он ждет, что я стану пророком.

— Так сказали священники. Может быть, Господь хочет вовсе не этого.

— Нет, именно этого. Поэтому ангел явился в мастерскую и велел мне говорить с Ахавом. Голоса, которые я слышал в детстве...

— ...которые каждый слышит в детстве, — прервал его ворон.

— Но не каждый видит ангелов, — сказал Илия.

На этот раз ворон ничего не ответил. Немного погодя птица или, вернее, душа Илии, бредившая от солнца и одиночества, прервала молчание.

— Помнишь женщину, которая пекла хлеб? — спросил он себя.

◆

Илия помнил. Она пришла и попросила сделать для нее несколько подносов. Илия трудился над ее заказом, а она рассказывала ему о том, что ее труд — способ выразить присутствие Бога.

— Судя по тому, как ты трудишься, я вижу, что ты чувствуешь то же самое, — продолжала она. — Ведь ты улыбаешься, когда работаешь.

Женщина делила людей на тех, кто радуется жизни, и тех, кто вечно жалуется. Последние полагали, что смысл жизни заключается в проклятии, посланном Адаму Богом: «*Проклята земля за тебя; со скорбью будешь питаться от нее во все дни жизни твоей*». Они не получали радости от своего труда и скучали в священные дни, когда надо отдыхать. Они твердили слова Господа, как оправдание своей бессмысленной жизни, забывая, что Он также сказал Моисею: «*И даст тебе Господь изобилие на земле, которую Он клялся отцам твоим дать тебе*».

— Да, я помню эту женщину. Она была права — я любил свою работу в мастерской. Каждый стол, каждый стул, сделанный своими руками, помогал мне понимать и любить жизнь. Она поведала мне о том, что разговаривает с хлебом, когда печет его, и я с удивлением обнаружил, что столы и стулья могут отвечать, ведь я вкладываю в них всю душу, а взамен получаю мудрость.

— Если бы ты не был плотником, то не смог бы вкладывать душу в предметы, притворяться говорящим вороном и понимать, что ты лучше и умнее, чем сам думаешь, — был ответ. — Как раз в мастерской ты и осознал: благословенно все, что окружает тебя.

— Мне всегда нравилось воображать, что я разговариваю со столами и стульями, которые я мастерил, — только и всего. Женщина была права: разговаривая с ними, я обычно открывал для себя то, что никогда раньше не приходило мне в голову. Но, когда я стал понимать, что могу служить Богу своим трудом, явился ангел, и вот... ну, ты знаешь, чем все закончилось.

— Ангел явился, потому что ты был готов, — ответил ворон.

— Я был хорошим плотником.

— Это лишь часть твоего урока. Когда человек идет дорогой своей судьбы, ему не раз приходится менять направление. Порой внешние обстоятельства оказываются сильнее, и ему приходится уступать. Все это — часть урока.

Илия внимательно слушал, что говорит его душа.

— Но нельзя забывать о своей мечте. Даже если порой ты уверен, что другие люди и весь мир сильнее тебя. Секрет такой: не сдаваться.

— Я никогда не думал быть пророком, — сказал Илия.

— Ты думал. Но был уверен, что это невозможно. Или что это опасно. Или немыслимо.

Илия поднялся.

— Зачем ты говоришь мне то, чего я не хочу слышать? — воскликнул он.

Движение спугнуло ворона, и он улетел.

◆

Утром ворон прилетел снова. Вместо того чтобы разговаривать с ним, Илия стал наблюдать: птице всегда удавалось найти себе какое-нибудь пропитание и принести Илие остатки еды.

Между ними завязалась своеобразная дружба. Илия учился у птицы. Наблюдая за вороном, он узнал, как можно раздобыть пищу в пустыне, и понял, что сможет прожить еще несколько дней, если будет делать то же самое. Когда ворон начинал кружить в воздухе, Илия уже знал, что там добыча. Он бежал туда и старался схватить ее. Сначала зверьки убегали от него, но со временем Илия научился их ловить. Он пользовался веткой как копьем, рыл ямы-ловушки и прикрывал их тонким слоем сучьев и песка. Когда добыча попадала в западню, Илия делился ею с вороном, а часть откладывал для приманки.

Но одиночество угнетало его, и он снова решил вообразить, что разговаривает с птицей.

— Кто ты? — спросил ворон.

— Я — человек, который обрел покой, — ответил Илия. — Я могу жить в пустыне, сам заботиться о своем существовании и созерцать вечную красоту творения Бога. Я узнал, что моя душа лучше, чем я думал.

Они продолжали охотиться вместе еще один лунный месяц. И вот как-то ночью, когда Илию охватила грусть, он решил снова спросить себя:

— Кто ты?

— Не знаю.

◆

Еще одна луна умерла и вновь родилась на небе. Илия чувствовал, что его тело окрепло, а разум прояснился. В ту ночь он обратился к ворону, сидевшему, как всегда, на своей ветке, и ответил на вопрос, заданный несколькими днями раньше:

— Я — пророк. Я видел ангела, когда трудился в мастерской, и у меня нет сомнений в том, на что я способен, даже если все люди в мире скажут мне, что это не так. Из-за меня начали убивать пророков в моей стране, ведь я пошел против возлюбленной царя. Сейчас я в пустыне, а раньше был в мастерской, ибо сказала мне моя душа, что человек должен пройти через разные испытания, прежде чем сможет исполнить свое предназначение.

— Да, теперь ты знаешь, кто ты, — заметил ворон.

В ту ночь, когда Илия вернулся с охоты, он захотел выпить немного воды и вдруг увидел, что река Хораф высохла. Но он чувствовал такую усталость, что решил лечь спать.

Во сне к нему явился ангел-хранитель, — Илия давно уже не видел его.

— Ангел Господень говорил с твоей душой, — сказал ангел-хранитель. — И велел:

*«Пойди отсюда, и обратись на восток,
и скройся у потока Хорафа, что против Иордана.
Из этого потока ты будешь пить,
а воронам я повелел кормить тебя и там».*

— Услышала моя душа, — сказал Илия во сне.

— Тогда очнись, ибо ангел Господень велит мне удалиться и хочет говорить с тобой сам.

Илия испугался и тут же вскочил. Что случилось? Стояла ночь, но все вокруг наполнилось светом, и явился ангел Господень.

— Что привело тебя сюда? — спросил ангел.

— Ты привел меня сюда.

— Нет, тебя заставили бежать Иезавель и ее воины. Никогда не забывай об этом, ибо твое предназначение — защищать Господа Бога твоего.

— Я пророк... Вот ты стоишь предо мною, и я слышу твой голос, — сказал Илия. — Много раз отклонялся я от пути, и так поступают все. Но я готов идти в Самарию и уничтожить Иезавель.

— Ты нашел свой путь, но не сможешь ничего разрушить, пока не научишься строить заново. Повелеваю тебе:

*«Встань, и пойди в Сарепту Сидонскую,
и оставайся там;*

Я повелел там женщине-вдове кормить тебя».

На следующее утро Илия стал искать ворона, чтобы проститься с ним. Впервые с тех пор, как он пришел на берег Хорафа, ворон не прилетел.

◆

Илия был в пути несколько дней, пока не оказался в долине, где находился город Сарепта, именуемый жителями Акбар. Когда его силы были на исходе, он увидел женщину, одетую в черное; она собирала дрова. В долине росли мелкие кустарники, поэтому ей приходилось довольствоваться лишь небольшими сухими ветками.

— Кто ты? — спросил он.

Женщина взглянула на чужеземца, не сразу поняв, что он говорит.

— Принеси мне кувшин воды, — сказал Илия. — Принеси также немного хлеба.

Женщина ничего не сказала, но положила дрова на землю.

— Не бойся, — продолжал Илия. — Я один, я измучен голодом и жаждой. Если бы я даже хотел, у меня совсем нет сил кого-нибудь обидеть.

— Ты нездешний, — молвила она наконец. — Судя по твоей речи, ты, верно, из Израильского царства. Если бы ты знал меня получше, то понял бы, что у меня ничего нет.

— Ты вдова, так мне сказал Господь. Я беднее тебя. Если ты не дашь мне сейчас еды и питья, я умру.

Женщину охватил страх: как мог этот чужеземец знать о ее жизни?

— Мужчине должно быть стыдно просить на пропитание у женщины, — сказала она, приходя в себя.

— Сделай то, о чем я тебя прошу, пожалуйста, — настойчиво повторил Илия, чувствуя, что силы вот-вот его покинут. — Когда мне станет лучше, я буду трудиться для тебя.

Женщина засмеялась.

— Только что ты сказал мне что-то правдивое: я вдова, потерявшая мужа. Он ушел в плаванье и не вернулся. Я в жизни не видела океана, но знаю, что он такой же, как пустыня, — убивает всех, кто идет против него.

И продолжила:

— Теперь же ты говоришь что-то неправдивое. Клянусь богом Ваалом, живущим на вершине Пятой Горы, у меня нет никакой пищи, только горсть муки в кадке и немного масла в кувшине.

Перед глазами Илии все поплыло, и он понял, что сейчас потеряет сознание. Собрав остаток сил, он взмолился:

— Я не знаю, веришь ли ты в сны, и не знаю, верю ли в них я. Но Господь сказал мне, что я приду сюда и встречу тебя. Некоторые события моей жизни не раз заставляли меня усомниться в Его мудрости, но не в Его существовании. Так велел мне Бог Израилев, чтобы я сказал женщине, которую встречу в Сарепте:

*«...мука в кадке не истощится,
и масло в кувшине не убудет до того дня,
когда Господь даст дождь на землю».*

Не объяснив, как может произойти такое чудо, Илия упал без чувств.

Женщина смотрела на упавшего к ее ногам человека. Она знала, что Бог Израилев — всего лишь легенда, финикийские боги могущественнее, они превратили ее страну в одну из самых сильных в мире. Но ей было приятно: обычно она просила милостыню у других, а сегодня — впервые за долгое время — кто-то нуждался в ней. Это придало ей силы: значит, есть люди, которым еще тяжелее, чем ей.

«Если меня просят об одолжении, то, выходит, я еще зачем-то нужна на этой земле», — размышляла она.

«Я сделаю то, о чем он просит, только бы облегчить его страдания. Я ведь тоже знала голод, и мне известно, как он разрушает душу».

Она отправилась к себе в дом и скоро вернулась с куском хлеба и кувшином воды. Опустившись на колени и приподняв голову чужеземца, она стала смачивать водой его губы. Через несколько минут он пришел в себя.

Она протянула ему хлеб, и Илия молча съел его, глядя на долину, ущелья и горы, в тишине устремленные в небо. Он видел красные стены Сарепты, возвышающиеся над дорогой через долину.

— Не приютишь ли ты меня, ведь я изгнанник на своей земле, — сказал Илия.

— Какое злодейство ты совершил? — спросила она.

— Я пророк Господа. Иезавель приказала убивать всех, кто откажется поклоняться финикийским богам.

— Сколько тебе лет?

— Двадцать три года, — ответил Илия.

Она с жалостью взглянула на юношу, стоявшего перед ней. У него были длинные немытые волосы и жиденькая бородка, будто он хотел выглядеть старше своих лет. Как мог этот несчастный пойти против самой могущественной царицы в мире?

— Если ты — враг Иезавель, ты и мой враг. Она — царевна Сидонская, и ее предназначением было выйти замуж за вашего царя и обратить ваш народ в истинную веру. Так говорят те, кто знал ее.

Она указала на одну из горных вершин, обрамлявших долину:

— Наши боги давно живут на вершине Пятой Горы и знают, как хранить мир в нашей стране. Израиль же погряз в войнах и страданиях. Как вы до сих пор можете верить в Единого Бога? Дайте Иезавель время осуществить свой труд, и вы увидите, что и в ваших городах воцарится мир.

— Я слышал глас Божий, — ответил Илия. — Вы же никогда не поднимались на вершину Пятой Горы и не знаете, что там.

— Тот, кто поднимется на эту гору, погибнет от небесного огня. Боги не любят чужих.

Она замолчала. Ей вспомнилось, что в ту ночь она увидела во сне очень яркий свет. Откуда-то из потока света раздавался голос: «*Приюти чужеземца, что будет искать тебя*».

— Не приютишь ли ты меня, мне негде ночевать, — вновь попросил Илия.

— Я же сказала тебе, что живу бедно. Мне самой едва хватает на себя и сына.

— Господь велел, чтобы ты позволила мне остаться. Он никогда не покинет того, кого любит. Сделай то, о чем я прошу тебя. Я буду служить тебе. Я плотник, умею мастерить из кедрового дерева, недостатка в работе у меня не будет. Так Господь использует мои руки, чтобы исполнить обещанное:

«*...мука в кадке не истощится, и масло в кувшине не убудет до того дня, когда Господь даст дождь на землю*».

— Даже если бы я хотела, мне нечем платить тебе.

— В этом нет нужды. Господь все даст.

В смятении после ночного сна и сознавая, что чужеземец — враг царевны Сидонской, вдова все же решила подчиниться.

◆

Люди в округе вскоре узнали об Илии. Говорили, что вдова поселила в своем доме чужеземца, не считаясь с памятью о муже — герое, погибшем в поисках новых торговых путей для своей страны.

Узнав об этих слухах, вдова сразу же объяснила соседям, что речь идет об израильском пророке, умиравшем от голода и жажды. Стало известно, что в городе прячется израильский пророк, бежавший от Иезавели. К верховному жрецу направилась группа людей.

— Приведите ко мне этого чужеземца, — велел он.

Так и было сделано. В тот же день Илия предстал перед человеком, который вместе с наместником и военачальником управлял всеми делами в Акбаре.

— Зачем ты пришел на эту землю? — спросил он. — Неужели ты не понимаешь, что ты враг нашей страны?

— Я несколько лет вел дела с Ливаном, и я уважаю его народ и обычаи. Я здесь, потому что гоним в Израиле.

— Я знаю причину, — сказал жрец. — Тебе пришлось бежать из-за женщины?

— Эта женщина — самое прекрасное существо, которое я когда-либо видел в жизни, хотя стоял перед ней всего несколько минут. Но ее сердце сделано из камня, а в глубине зеленых глаз таится враг, который хочет разрушить мою страну. Я не убежал, я жду только подходящего момента, чтобы вернуться.

Жрец рассмеялся.

— Тогда готовься к тому, чтобы провести в Акбаре остаток своей жизни. Мы не воюем с твоей страной; все, что нам нужно, — мирным путем распространить истинную веру по всему свету. Мы не хотим повторять зверства, которые вы совершили, вторгшись в Ханаан.

— Разве убийство пророков — мирный путь?

— Обезглавленное чудовище умирает. Умрут немногие, зато войны за веру прекратятся навсегда. Судя по тому, что мне рассказали купцы, был пророк по имени Илия. Он начал все это, а затем сбежал.

Жрец пристально посмотрел на него, прежде чем продолжить:

— Человек, похожий на тебя.

— Это и есть я, — отозвался Илия.

— Прекрасно. Добро пожаловать в город Акбар! Когда нам понадобится что-нибудь от Иезавели, мы заплатим ей твоей головой — лучшего подарка нам и не придумать. А пока поищи себе какое-нибудь занятие и позаботься о своем пропитании, потому что здесь нет места пророкам.

Илия уже был готов идти, когда жрец сказал:

— Похоже, молодая женщина из Сидона оказалась могущественнее, чем твой Единый Бог. Ей удалось построить жертвенник Ваалу, и теперь иудейские священники ползают у ее ног.

— Все случится так, как начертано Богом, — отвечал пророк. — В нашей жизни случаются беды, мы не можем их предотвратить. Но они случаются по какой-то причине.

— По какой же причине?

— Это вопрос, на который мы не можем ответить ни до, ни во время невзгод. Только преодолев их, мы понимаем, зачем они были нужны.

◆

Как только Илия ушел, жрец приказал позвать граждан, приходивших к нему в то утро.

— Не беспокойтесь, — сказал жрец. — Обычай велит нам предоставлять кров чужеземцам. Кроме того, здесь он под нашим присмотром, и мы сможем следить за каждым его шагом. Лучший способ узнать и уничтожить врага — это стать его «другом». Когда настанет нужный момент, мы отдадим его Иезавели, а наш город получит золото и вознаграждение. Но прежде мы должны узнать, как разрушить его замысел. Пока нам известно только, как уничтожить его самого.

Хотя Илия поклонялся Единому Богу и поэтому был врагом царевны, верховный жрец потребовал, чтобы был соблюден закон гостеприимства. Все знали древнее поверье: если не предоставить кров страннику, то такая же участь ожидает когда-нибудь потомков тех, кто пренебрег традицией. Огромный торговый флот страны разбросал по свету детей многих жителей Акбара, поэтому никто не осмелился нарушить древний закон.

Кроме того, недалек был день, когда голову иудейского пророка обменяют на огромные слитки золота.

В тот вечер Илия ужинал с вдовой и ее сыном. Поскольку отныне израильский пророк стал ценным товаром, некоторые купцы прислали много еды, которой хватило бы для семьи на целую неделю.

— Похоже, Бог Израилев исполняет Свое слово, — сказала вдова. — С тех пор как погиб муж, мой стол никогда не был так полон, как сегодня.

*И*лия потихоньку привыкал к жизни в Сарепте. Он стал называть город Акбаром, как и все его жители. Он познакомился с наместником, военачальником, верховным жрецом и со знаменитыми на всю страну мастерами стекольного дела. Когда его спрашивали, что он здесь делает, он говорил правду: Иезавель убивает всех пророков в Израиле.

— Ты — предатель своей страны и враг Финикии, — говорили ему. — Но мы — торговый народ и знаем, что чем опаснее человек, тем выше цена за его голову.

Так прошло несколько месяцев.

У входа в долину расположился лагерь из нескольких ассирийских отрядов. Похоже, они собирались задержаться там на некоторое время. Это была небольшая группа воинов, не представлявшая особой угрозы. Однако военачальник попросил наместника принять некоторые меры.

— Они не сделали нам ничего плохого, — сказал наместник. — Должно быть, они здесь по торговым делам, ищут более выгодный путь для своих товаров. Если они решат воспользоваться нашими дорогами, то заплатят налоги, и мы станем еще богаче. Зачем же нам ссориться с ними?

И вдруг без всякой видимой причины занемог сын вдовы. Люди сочли, что всему виной присутствие в доме чужеземца, и вдова попросила Илию уйти. Но он не ушел, ведь Господь еще не призвал его. Поползли слухи, что чужеземец навлек гнев богов Пятой Горы.

Наместник еще как-то мог сдерживать армию и успокаивать людей в их страхах относительно ассирийского вторжения. Но ему становилось все труднее усмирять роптавший на Илию народ после того, как сын вдовы заболел.

◆

Несколько жителей Акбара направились к наместнику.

— Мы можем построить дом для израильтянина за стенами города, — сказали они. — Так мы не нарушим закон гостеприимства и защитим себя от божественного гнева. Боги недовольны тем, что этот человек здесь.

— Оставьте его там, где он живет, — ответил наместник. — Я не хочу портить отношения с Израилем.

— Как же так? — спросили жители. — Ведь Иезавель преследует всех пророков, которые поклоняются Единому Богу, и хочет уничтожить их.

— Наша царевна отважна и предана богам Пятой Горы. Но каким бы могуществом она ни обладала сейчас, все же она не израильтянка. Завтра она может впасть в немилость, и на нас обрушится гнев наших соседей. Если мы покажем, что хорошо относимся к их пророку, они будут к нам снисходительны.

Жители ушли недовольные, ведь жрец обещал им, что скоро Илию обменяют на золото и вознаграждение. Даже если наместник заблуждался, они ничего не могли поделать. Обычай требовал почитания к наместнику и его семье.

В лагере ассирийцев появлялись все новые шатры.

Военачальник был обеспокоен, но он не находил поддержки со стороны жреца и наместника. Он старался держать своих воинов в постоянной боевой готовности, хотя знал, что не только они, но даже их деды не имели опыта настоящих сражений. Войны были далекой историей для Акбара. Новое оружие и боевая техника иноземных государств давно превзошли все известные ему военные премудрости.

— Акбар всегда договаривался о мире, — говорил наместник. — И на этот раз никто на нас не нападет. Пусть иноземные государства сражаются друг с другом, у нас есть гораздо более мощное оружие — деньги. Когда они в конце концов истребят друг друга, мы войдем в их города и будем продавать свои товары.

Наместнику удалось успокоить народ насчет ассирийцев. Но ходили слухи о том, что это израильтянин навлек на Акбар гнев богов. Илия становился все более неугоден.

◆

Настал день, когда мальчику вдовы стало совсем плохо. Он уже не вставал и не узнавал приходивших к нему людей. Перед заходом солнца Илия и вдова опустились на колени рядом с постелью ребенка.

— Господи Всемогущий, ты отвратил стрелы воина и привел меня на эту землю. Спаси же этого ребенка! Он не сделал ничего плохого, неповинен в моих грехах и в грехах своих родителей, спаси его, Господи!

Мальчик почти не шевелился, губы его были белы, глаза потухали.

— Молись своему Единому Богу! — просила женщина. — Только мать знает, когда душа ребенка покидает его тело.

Илия хотел взять ее за руку, сказать, что она не одинока и что Всемогущий Господь обязательно услышит его. Он — пророк, он смирился со своей участью еще на берегу Хорафа, и сейчас рядом с ним ангелы.

— У меня больше нет слез, — продолжала она. — Если у Него нет жалости, если Ему нужна чья-то жизнь, то попроси, чтобы Он забрал меня, а моему сыну позволил ходить по долине и улицам Акбара.

Илия изо всех сил старался сосредоточиться на молитве, но страдание матери было так велико, что, казалось, наполняло собой комнату и проникало сквозь стены и двери.

Он коснулся тела мальчика: жара не было. Это был плохой знак.

◆

В то утро в дом снова пришел жрец и наложил на грудь ребенка компрессы из трав. Уже две недели он приходил к больному мальчику. Женщины Акбара каждый день приносили рецепты известных с давних времен снадобий, чья целебная сила была проверена много раз. Каждый день они собирались у подножия Пятой Горы и приносили жертвы, чтобы душа мальчика не покинула его тело.

Один купец из Египта, ненадолго заехавший в Акбар, так проникся болезнью ребенка, что передал, не прося ничего взамен, очень дорогой красный порошок, который нужно было смешать с едой мальчика. По преданиям, сами боги передали рецепт этого порошка египетским врачевателям.

Все это время Илия молился, не переставая.

Но ничто, абсолютно ничто не помогало.

◆

— Я знаю, почему тебе разрешили здесь остаться, — снова заговорила вдова. После бессонных ночей ее голос становился все слабее. — Я знаю, что за твою голову мы получим вознаграждение: когда-нибудь тебя отправят в Израиль, а взамен мы получим золото. Если ты спасешь моего сына, то, клянусь Ваалом и богами Пятой Горы, тебя ни за что на свете не поймают. Я научу тебя, как выбраться из Акбара незамеченным, ведь мне известны старые, давно забытые дороги.

Илия ничего не сказал.

— Молись своему Единому Богу! — снова потребовала женщина. — Если Он спасет моего сына, то, клянусь, я отрекусь от Ваала и буду верить в Него. Скажи своему Богу, что я приютила тебя, когда ты нуждался в пристанище, я сделала все в точности, как Он велел.

Илия вновь помолился и воззвал всей душой к Богу. В тот самый миг мальчик вдруг шевельнулся.

— Я хочу уйти отсюда, — сказал он слабым голосом.

Глаза у матери заблестели, она заплакала от радости.

— Иди, мой мальчик. Пойдем, куда хочешь, делай, что тебе хочется.

Илия хотел было взять его на руки, но мальчик оттолкнул его руку.

— Я хочу уйти один, — сказал он.

Он медленно поднялся и пошел в другую комнату. Сделав несколько шагов, он вдруг упал на пол, словно пораженный молнией.

Илия и вдова бросились к нему: мальчик был мертв. Несколько мгновений они оба не проронили ни слова. Внезапно женщина разразилась истошными воплями:

— Да будут прокляты боги, прокляты те, кто забрал душу моего сына! Будь проклят этот человек, навлекший несчастье на мой дом! О, мой единственный сын! — кричала она. — Из-за того что я исполнила волю небес, дала приют чужеземцу, мой сын умер!

Соседи услышали стенания вдовы и увидели ее сына, лежащего на полу. Женщина продолжала кричать, набрасываясь с кулаками на израильского пророка. Тот, казалось, ничего не воспринимал и не пытался защищаться. Пока женщины старались утешить вдову, мужчины сразу же подхватили Илию под руки и повели к наместнику.

— Этот человек ненавистью отплатил за щедрость к нему. Он опутал злыми чарами дом вдовы, и ее сын умер. Выходит, мы даем пристанище тому, кого прокляли боги.

Израильтянин плакал, спрашивая себя:

— О Господь мой, зачем Ты решил покарать эту вдову, которая была добра ко мне? Раз Ты убил ее сына, значит, я не исполняю Твоих повелений и заслуживаю смерти.

В тот же день был созван совет города Акбар во главе с наместником и жрецом. Илию привели на суд.

— За любовь ты отплатил ненавистью. Поэтому я приговариваю тебя к смерти, — сказал наместник.

◆

— Хотя его голова стоит мешка золота, мы не должны будить гнев богов Пятой Горы, — заговорил жрец. — И потом, никакое золото в мире не сможет вернуть покой в этот город.

Илия опустил голову. Он заслуживает самых страшных мук, какие только возможны, ибо Господь покинул его.

— Ты поднимешься на Пятую Гору, — сказал жрец. — Будешь молить о прощении у разгневанных богов. Они ниспошлют пламя небес, чтобы убить тебя. Если они этого не сделают, значит, они хотят, чтобы правосудие свершилось нашими руками. Мы будем ожидать тебя на склоне горы и завтра же казним согласно обряду.

Илия хорошо представлял себе священную казнь: из груди вырывали сердце и отрубали голову. Согласно поверью, человек без сердца не может войти в рай.

— Почему Ты выбрал меня, Господи? — взывал он громко, хотя знал, что люди вокруг не поймут, какой выбор сделал для него Господь. — Разве Ты не видишь, что я не в силах исполнить Твою волю?

Ответа он не услышал.

Мужчины и женщины Акбара шли следом за воинами, которые вели израильтянина к Пятой Горе. Люди выкрикивали ругательства и бросали камни. Воины с большим трудом сдерживали ярость толпы. Спустя полчаса они подошли к подножию священной горы.

Воины остановились перед жертвенниками из камня, где люди обычно оставляли свои приношения и жертвы, просили и молились. Всем были известны рассказы о гигантах, живущих в этих местах, и все помнили о людях, нарушивших запрет и настигнутых пламенем небес. Путники, проходившие ночью по долине, уверяли, что слышали хохот богов и богинь, пирующих на вершине горы.

Никто не решался бросить вызов богам, даже если не верил этим легендам.

— Иди, — сказал воин, подталкивая Илию наконечником копья. — Тот, кто убил ребенка, заслуживает худшего из наказаний.

◆

Илия ступил на запретную землю и стал подниматься в гору. Через некоторое время, когда до его слуха перестали доноситься вопли жителей Акбара, он сел на камень и заплакал. С того самого дня, когда его мастерская озарилась искрящимися звездочками, он приносил другим только несчастья.

В Израиле больше не поклонялись Единому Богу, поэтому культ финикийских богов должен был теперь окрепнуть. В первую же ночь у реки Хораф Илия решил, что Бог избрал его мучеником, как и многих других пророков.

Вместо этого Господь послал ворона, кормившего его до тех пор, пока не высохла река Хораф. Почему именно ворона, предвестника несчастий, а не голубя или ангела? Неужели это лишь бред человека, который хочет скрыть свой страх или слишком долго пробыл на солнце? Теперь Илия ни в чем больше не был уверен: должно быть, Зло нашло свое орудие — и этим орудием был он. Зачем Бог велел ему идти в Акбар, вместо того, чтобы вернуться и расправиться с царицей, принесшей столько зла его народу?

Чувствовал он себя трусом, но делал то, что ему было велено. Старался привыкнуть к этим незнакомым, но в общем добросердечным людям, чья жизнь была так далека от его представлений. Когда он понял, что исполняет предназначение, умер сын вдовы.

— Почему именно я?

◆

Он поднялся, прошел еще немного и наконец вошел в туман, покрывавший вершину горы. Он мог воспользоваться тем, что его никто не видит, и убежать от своих преследователей, но какое это имело значение? У него не было сил бежать, он знал, что никогда не сможет найти свое место в мире. Даже если сейчас ему удастся бежать, он принесет с собой сопутствующее ему проклятие в другой город, на который тоже обрушатся новые беды. Куда бы он ни шел, за ним всюду будет следовать тень умерших. Пусть уж лучше ему вырвут сердце из груди и отрубят голову.

Он снова сел, на этот раз посреди тумана. Он решил подождать немного, чтобы люди внизу подумали, будто он достиг вершины горы. Позже он вернется в Акбар и сдастся преследователям.

«Небесный огонь». Многие погибли от него, хотя Илия сомневался, что его посылает Бог. В безлунные ночи вспышки пламени рассекают небосвод, то появляясь, то исчезая. Возможно, пламя сжигает, а может, убивает сразу и без мучений.

◆

Наступила ночь, и туман рассеялся. Внизу можно было увидеть долину, огни Акбара и костры ассирийского лагеря. Илия услышал лай собак и военную песню ассирийцев.

— Я готов, — сказал он себе. — Я считал, что я — пророк и сделал все, что в моих силах... Но у меня ничего не вышло, и сейчас Богу нужен кто-то другой.

В это мгновенье на него упал луч света.

— Небесный огонь!

Но луч продолжал светить перед ним. Голос сказал:

— Я — ангел Господень.

Илия упал на колени и коснулся лбом земли.

— Я уже видел тебя несколько раз и повиновался тебе, — ответил Илия, не поднимая глаз. — По твоей воле я приношу несчастья всюду, куда ступает моя нога.

Но ангел продолжал:

— Когда ты возвратишься в город, проси три раза, чтобы мальчик вернулся к жизни. Господь услышит тебя на третий раз.

— Ради чего мне это делать?

— Ради величия Бога.

— Даже если все так и произойдет, что с того? Ведь, усомнившись в себе, я больше не достоин своего предназначения, — ответил Илия.

— Каждый человек вправе сомневаться в своем предназначении и время от времени отступать от него. Единственное, чего нельзя делать, — это забывать о нем. Тот, кто не сомневается в себе, — недостойный человек, ибо он слепо верит в свои силы и грешит гордыней. Хвала тому, кто испытывает минуты смятения.

— Несколько минут назад ты видел, что я не был уверен даже в том, что ты — посланник Бога.

— Ступай и делай то, что я сказал.

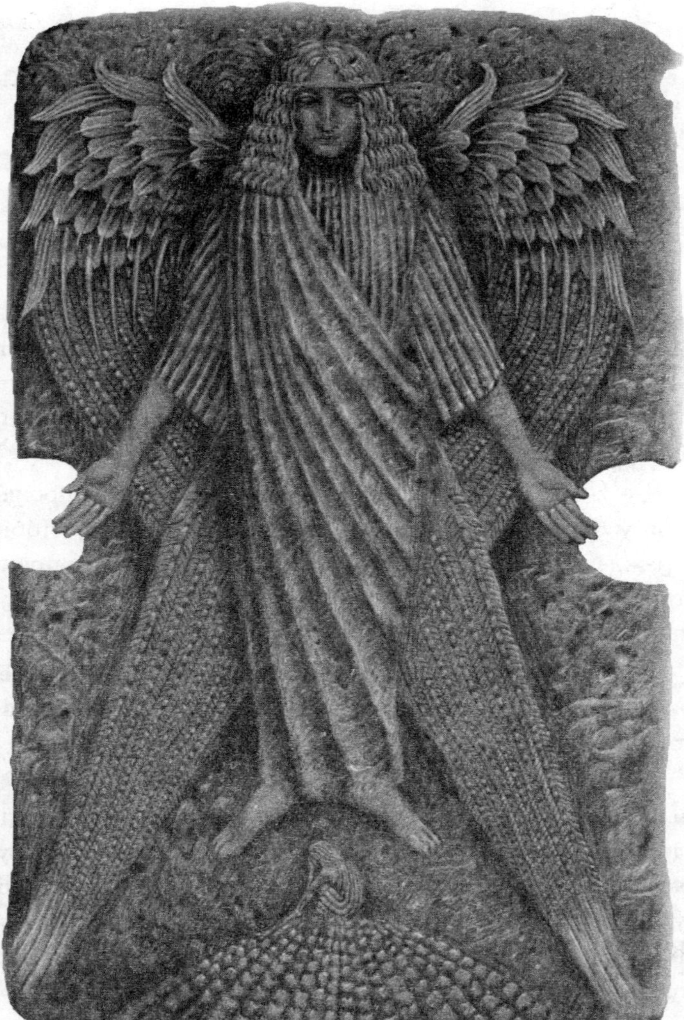

Прошло много времени, прежде чем Илия спустился с горы. На месте, где находились жертвенники, его ожидали стражники, толпа же возвратилась в Акбар.

— Я готов умереть, — сказал он. — Я просил прощения у богов Пятой Горы, и теперь они требуют, чтобы, прежде чем моя душа покинет тело, я пошел в дом приютившей меня вдовы и просил ее сжалиться над моей душой.

Воины привели его обратно в город и предстали перед жрецом. Они передали ему то, о чем просил израильтянин.

— Я сделаю то, о чем ты просишь, — сказал жрец пленнику. — Раз уж ты попросил прощения у богов, то должен просить и у вдовы. С тобой пойдут четыре вооруженных воина, чтобы ты не убежал. Но не думай, что тебе удастся убедить ее и она будет просить о помиловании. Как только взойдет солнце, мы казним тебя посреди площади.

Жрецу хотелось спросить, что же увидел Илия на вершине горы. Но он был окружен воинами, и ответ мог поставить его в неловкое положение. Поэтому он решил молчать, но обрадовался тому, что Илия станет при всех просить прощения. Никто не усомнится больше в могуществе богов Пятой Горы.

Илия и воины пришли на бедную улочку, где он прожил несколько месяцев. В доме вдовы были открыты окна и дверь, чтобы, согласно поверью, душа ее сына могла уйти и поселиться вместе с богами. Тело мальчика лежало посередине комнаты, вокруг него собрались все соседи.

Заметив израильтянина, мужчины и женщины пришли в ужас.

— Уведите его отсюда! — закричали они воинам. — Вам что, мало того зла, которое он уже принес? Он так мерзок, что боги Пятой Горы даже не захотели марать руки его кровью.

— Нам выпало убить его! — закричал кто-то другой. — И мы это сделаем сейчас, не дожидаясь ритуальной казни!

Получив удары и пощечины, Илия высвободился из державших его рук и подбежал к вдове, плачущей в углу дома.

— Я могу вернуть его из царства мертвых. Позволь мне коснуться твоего сына, — сказал он. — Только на один миг.

Вдова даже не подняла головы.

— Пожалуйста, — настаивал он. — Сделай для меня последнее в этой жизни — дай мне возможность попытаться отблагодарить тебя за твою щедрость.

Несколько мужчин попытались оттащить его. Но Илия бился и сопротивлялся изо всех сил, умоляя, чтобы ему разрешили коснуться тела мертвого ребенка.

Несмотря на молодость и смелость Илии, его в конце концов оттеснили к двери дома.

— Ангел Господень, где ты? — закричал он, взывая к небесам.

В это мгновение все замерли. Вдова поднялась и направилась прямо к нему. Взяв Илию за руку, она отвела его туда, где лежало тело ее сына, и сняла с него саван.

— Вот кровь от крови моей, — сказала она. — Пусть болезнь поразит всех твоих родных, если ты не сделаешь того, что обещал.

Он приблизился, чтобы коснуться мальчика.

— Подожди, — сказала вдова. — Сначала проси своего Бога, чтобы исполнилось мое проклятие.

Сердце Илии разрывалось. Но он верил в то, что сказал ангел.

— Пусть болезнь этого мальчика поразит моих родителей, братьев и их детей, если я не сделаю того, что обещал.

Переполненный сомнениями, чувством вины и страха...

... взял его с рук ее, и понес его в горницу, где он жил, и положил его на свою постель. И воззвал к Господу, и сказал:

Господи, Боже мой! Неужели Ты и вдове, у которой я пребываю, сделаешь зло, умертвив сына ее?

И, простершись над отроком трижды, он воззвал к Господу и сказал: Господи, Боже мой! Да возвратится душа отрока этого в него!

Несколько мгновений ничего не происходило. Илия снова оказался в Галааде, перед воином, направившим стрелу в его сердце; он понимал, что судьба человека часто не имеет ничего общего с тем, во что он верит или чего боится. Он чувствовал себя спокойным и уверенным, как в тот день, зная, что в происходящем есть какой-то смысл, независимо от исхода. Ангел на вершине Пятой Горы назвал этот смысл «Величием Бога». Он надеялся когда-нибудь понять, почему Создатель нуждается в своих творениях, чтобы явить Свою славу.

И в эту минуту мальчик открыл глаза.

— Где моя мать? — спросил он.

— Внизу, ждет тебя, — ответил Илия с улыбкой.

— Мне приснился странный сон. Я несся сквозь темное подземелье быстрее, чем самый быстрый скакун Акбара. Я увидел мужчину и понял, что это мой отец, хотя я его никогда раньше не видел. И вот я пришел в прекрасное место, где мне очень хотелось бы остаться. Но другой мужчина — его я не знаю, хотя он показался мне очень смелым и добрым — ласково сказал мне, чтобы я возвратился. Я хотел идти дальше, но ты разбудил меня.

Мальчик выглядел расстроенным: то место, куда он чуть не попал, наверное, было чудесным.

— Не оставляй меня одного, ведь ты вернул меня оттуда, где я чувствовал себя под защитой.

— Пойдем, — сказал Илия. — Внизу твоя мать, она хочет тебя увидеть.

Мальчик попытался подняться, но был слишком слаб, чтобы идти. Илия поднял его на руки и спустился вниз.

Люди в комнате замерли от ужаса.

— Почему здесь так много людей? — спросил мальчик.

Прежде чем Илия успел ответить, вдова, плача, бросилась обнимать и целовать сына.

— Что с тобой, мама? Почему ты расстроена?

— Я не расстроена, сынок, — ответила она, утирая слезы. — Никогда в жизни я так не радовалась.

Говоря это, вдова упала на колени и закричала:

— Теперь я знаю, что ты Божий человек! В твоих словах правда Божия!

Илия обнял ее, говоря ей, чтобы она встала.

— Отпустите его! Он победил зло, поселившееся в моем доме!

Люди, собравшиеся там, не могли поверить в увиденное. Одна девушка лет двадцати упала на колени рядом с вдовой. Постепенно все опустились на колени, в том числе воины, которые должны были доставить пророка на казнь.

— Встаньте, — попросил он их. — И поклонитесь Господу. Я всего лишь один из Его слуг, может быть, не самый лучший.

Но все продолжали стоять на коленях, опустив головы.

— Ты разговаривал с богами на Пятой Горе, — услышал он чей-то голос. — И теперь ты можешь творить чудеса.

— Там нет богов. Я видел ангела Господня, велевшего мне сделать все это.

— С тобой был Ваал и его братья, — сказал кто-то другой.

Илия бросился на улицу, расталкивая стоявших на коленях людей. Он все еще был в смятении, будто так и не исполнил веленное ему ангелом.

«К чему воскрешать мертвого, если никто не верит, что такая сила исходит от Бога?» Ангел велел ему трижды воззвать к Господу, но ничего не сказал о том, как объяснить толпе это чудо. «Неужели, как случалось с пророками древности, все, что я хотел, — это потешить свое тщеславие?» — спрашивал он себя.

Он услышал голос своего ангела-хранителя, с которым разговаривал с детства.

— С тобой сегодня был ангел Господень.

— Да, — ответил Илия. — Но ангелы Господни не разговаривают с людьми, а только передают повеления, идущие от Бога.

— Пользуйся только своей собственной силой, — сказал ангел-хранитель.

Илия не понял, что означают эти слова.

— У меня нет силы, которая не шла бы от Господа, — сказал он.

— Ни у кого нет. Но у всех есть сила от Бога, и никто ею не пользуется.

Ангел сказал ему еще:

— Отныне и до того, как ты вернешься на оставленную тобой землю, тебе нельзя больше творить чудес.

— Когда же это случится?

— Господь нуждается в тебе, чтобы возродить Израиль, — сказал ангел. — Ты снова ступишь на свою землю, когда научишься строить заново.

Больше он ничего не сказал.

Часть вторая

Жрец вознес молитвы восходящему солнцу, затем попросил у богов грозы, а у богини животных — сжалиться над глупцами. Кто-то рассказал ему в то утро, что Илия вернул сына вдовы из царства мертвых.

Город находился в страхе и волнении. Все верили, что израильтянин получил силу от богов на Пятой Горе, и теперь все труднее становилось уничтожить его. «Но такой случай подвернется», — сказал себе жрец.

Боги предоставят возможность расправиться с ним. Но божественный гнев был вызван, видимо, другими причинами, и появление ассирийцев в долине — какой-то знак. Почему подходят к концу столетия мирной жизни? У него был ответ: изобретение Библоса. В его стране была создана форма письменности, доступная всем — даже тем, кто не был готов ею пользоваться. Любой человек может научиться ей в короткое время, но это означает конец цивилизации.

Жрец знал, что из всех видов разрушительного оружия, которые способен придумать человек, самое ужасное и самое сильное — слово. Кинжалы и копья оставляют следы крови, стрелы видны на расстоянии. Яд можно вовремя обнаружить и избежать смерти.

Слово же разрушает незаметно. Если о священных обрядах узнают люди, многие смогут ими воспользоваться, чтобы попытаться изменить мир, и это может вызвать гнев богов. До сих пор только род жрецов хранил память предков, поклявшись держать в тайне знания, передаваемые из уст в уста. Чтобы разобраться в иероглифах египтян, требовались годы учения. Таким образом, только хорошо подготовленные люди — писцы и жрецы — могли обмениваться знаниями.

У других народов были свои примитивные формы письменности, но они были так сложны, что никто за пределами их стран и не пытался изучать эти знаки. Однако изобретение Библоса таило в себе взрывную силу: в любой стране, независимо от ее языка, можно им пользоваться. Даже греки, обычно отвергавшие все, что было придумано не ими, уже применяли финикийское письмо в торговых соглашениях. Прекрасно умея присваивать себе все новое, они окрестили изобретение Библоса греческим словом — *алфавит*.

Существовала опасность, что людям откроются тайны, хранимые веками. Святотатство Илии, вернувшего человека с другого берега реки смерти, как это умели египтяне, казалось в сравнении с этим сущим пустяком.

«Мы наказаны за то, что не можем бережно хранить то, что свято, — подумал он.— Ассирийцы уже совсем рядом, они перейдут долину и уничтожат культуру наших предков».

И покончат с письменностью. Жрец знал, что появление врага не случайно.

Это расплата. Боги все хорошо продумали, чтобы никто не понял, что они виноваты во всем. Они поставили у власти наместника, которого больше заботят торговые дела, чем армия; разбудили в ассирийцах алчность, все реже посылали на землю дожди; и вот наконец прислали нечестивца, чтобы посеять вражду в городе. Скоро произойдет последнее сражение.

А̲кбар и после этого будет жить, как прежде, но письменность Библос навсегда исчезнет с лица земли. Жрец бережно отер камень, стоявший там, где давным-давно иноземный паломник нашел место, отмеченное небом, и основал город. «Как же прекрасен камень», — подумал он. Камни — это образы богов: твердые, выносливые, они выдерживают любые условия и не должны объяснять, зачем они здесь. Как гласило поверье, середина земли отмечена камнем. В детстве он твердо решил отправиться искать этот камень. Он хранил свое намерение до начала этого года, но, увидев ассирийцев в глубине долины, понял, что никогда не сможет осуществить свою мечту.

«Ничего. Придется пожертвовать моим поколением за то, что мы разгневали богов. В истории мира есть вещи неизбежные, и с ними нужно смириться».

Он пообещал себе слушаться богов — не пытаться предотвратить войну.

«Наверное, мы подошли к концу времен. Нельзя убежать от бед, которых становится все больше».

Жрец взял свой жезл и вышел из небольшого храма. У него была назначена встреча с военачальником Акбара.

◆

Он уже был у южной стены города, когда к нему подошел Илия.

— Господь воскресил мальчика, — сказал израильтянин. — В городе верят в мою силу.

— Мальчик, верно, не умирал, — ответил жрец. — Такое уже много раз случалось: сердце останавливается и вскоре снова начинает биться. Сейчас все в городе говорят об этом, а завтра вспомнят, что боги рядом и могут услышать то, что они говорят. Тогда люди потихоньку и умолкнут. Мне нужно идти, ведь ассирийцы готовятся к сражению.

— Послушай, что я скажу: после случившегося вчера вечером чуда я отправился ночевать за пределы города, поскольку нуждался в покое. И вот, явился предо мной снова ангел, которого я видел на вершине Пятой Горы. Он сказал мне: война разрушит Акбар.

— Города нельзя разрушить, — сказал жрец. — Они будут отстроены снова сто сорок раз, ведь боги знают, где основали их, и именно там они им нужны.

◆

К ним подошел наместник со свитой придворных и спросил:

— Что тебе нужно?

— Чтобы вы стремились к миру, — снова сказал Илия.

— Если тебе страшно, возвращайся туда, откуда пришел, — сухо сказал жрец.

— Иезавель и твой царь ждут бежавших пророков, чтобы расправиться с ними, — сказал наместник. — Я хотел бы, чтобы ты рассказал мне, как тебе удалось подняться на Пятую Гору и не погибнуть от небесного огня.

Жрецу нужно было вмешаться в этот разговор. Наместник раздумывал о переговорах с ассирийцами и мог использовать пророка в своих целях.

— Не слушайте его, — сказал он. — Вчера, когда его привели на суд предо мною, я видел, что он плачет от страха.

— Я плакал о тех бедах, которые случились по моей вине. Ибо я боюсь только Бога и себя самого. Я не убежал из Израиля и готов вернуться туда, как только позволит Господь. Я свергну с престола вашу прекрасную царевну, и над моей землей снова воссияет израильская вера.

— Нужно быть бесчувственным, чтобы не поддаться чарам Иезавели, — язвительно заметил жрец. — Но даже если так и будет, мы пошлем другую, еще более прекрасную женщину, как уже случалось и до Иезавели.

Жрец говорил правду. Двести лет назад царевна Сидонская смогла соблазнить мудрейшего из всех правителей Израиля — царя Соломона. Она заставила его построить жертвенник в честь богини Астарты, и Соломон послушался ее. Из-за этого святотатства Господь поднял войска соседей на Израиль, и Соломон был свергнут с престола.

«То же случится и с Ахавом, мужем Иезавели», — подумал Илия. Господь призовет его исполнить обет, когда придет время. Но к чему пытаться убедить людей, стоявших перед ним? Они, как те, кого он видел прошлой ночью, — люди, стоявшие на коленях в доме вдовы и прославлявшие богов Пятой Горы. Обычаи никогда не позволят им думать иначе.

◆

— Жаль, что мы должны чтить закон гостеприимства, — сказал наместник, уже забыв, видимо, слова Илии о мире. — Если бы не это, мы помогли бы Иезавели расправиться с пророками.

— Вы оставляете меня в живых вовсе не поэтому. Вы знаете, что я — ценный товар, и хотите доставить Иезавели удовольствие уничтожить меня собственными руками. Но со вчерашнего дня люди верят в мою чудодейственную силу. Они считают, что я повстречал богов на вершине Пятой Горы. Вам ничего не стоило бы прогневить богов, но вы не хотите сердить жителей города.

Наместник и жрец направились в сторону городских стен, оставив Илию в одиночестве. В тот миг жрец решил, что при первой же возможности убьет израильского пророка. То, что прежде было всего лишь товаром, превратилось в серьезную угрозу.

◆

Увидев, что они ушли, Илия пришел в отчаяние. Что ему сделать, чтобы служить Богу? Тогда он стал выкрикивать посреди площади:

— Народ Акбара! Вчера вечером я поднялся на Пятую Гору и говорил с живущими там богами. Вернувшись оттуда, я смог воскресить мальчика из царства мертвых!

Рядом с ним собрались люди; весь город уже знал о случившемся. Наместник и жрец остановились посреди дороги и пошли обратно — посмотреть, что происходит. Израильский пророк говорил, что видел богов Пятой Горы, хотя сам поклонялся Единому Богу.

— Я прикажу убить его, — сказал жрец.

— Народ восстанет против нас, — ответил наместник, заинтересованный тем, что говорил чужеземец. — Лучше подождать, пока он совершит ошибку.

— Прежде чем я спустился с горы, боги доверили мне помочь наместнику решить, как быть с ассирийцами, — продолжал Илия. — Я знаю, что он — достойный человек и хочет выслушать меня, но есть люди, которым нужна война. Они не разрешают мне подойти к нему.

— Израильтянин — человек святой, — сказал один старец наместнику. — Никто не может подняться на Пятую Гору и не погибнуть от небесного огня, а этот человек смог и теперь воскрешает мертвых.

— Тир, Сидон и все финикийские города давно живут в мире, — сказал другой старец. — Мы пережили и другие, еще большие невзгоды и смогли преодолеть их.

Прорываясь сквозь толпу, к Илии шли больные и калеки. Они касались его одежды и просили исцелить их от болезней.

— Прежде чем давать советы наместнику, исцели больных, — сказал жрец. — Тогда мы поверим, что боги Пятой Горы помогают тебе.

Илия вспомнил то, о чем прошлой ночью сказал ангел: ему разрешено использовать только обычную человеческую силу.

— Больные взывают о помощи, — настойчиво повторил жрец. — Мы ждем.

— Вначале мы должны позаботиться о том, чтобы предотвратить войну. Если нам это не удастся, больных и увечных станет еще больше.

Разговор прервал наместник:

— Илия пойдет с нами. Его коснулось божественное вдохновение.

Хотя наместник не верил в то, что на Пятой Горе обитают боги, ему нужен был союзник, чтобы помочь убедить народ, что единственный выход — мир с ассирийцами.

◆

По дороге, идя на встречу с военачальником, жрец сказал Илии:

— Ты сам не веришь в то, что сказал.

— Я верю, что мир — единственное, что нам осталось. Но не верю, что на вершине этой горы живут боги. Я был там.

— И что же ты увидел?

— Ангела Господня. Я уже видел этого ангела раньше там, где проходил мой путь, — ответил Илия. — Есть только один Бог.

Жрец засмеялся.

— То есть, по-твоему, тот же бог, что устроил грозу, создал и пшеницу, хотя это совершенно разные вещи.

— Ты видишь Пятую Гору? — спросил Илия. — С какой бы стороны ты на нее ни посмотрел, она будет казаться разной, хотя это все та же гора. Вот так и все, что нас окружает: это разные лица одного и того же Бога.

◆

Они поднялись на каменную стену Акбара. Оттуда можно было разглядеть лагерь неприятеля: вдали белели шатры ассирийцев.

Еще раньше, когда часовые обнаружили в долине ассирийцев, лазутчики сообщили, что те пришли с целью разведать силы финикийцев. Военачальник предложил взять их в плен и продать в рабство. Наместник же решил прибегнуть к другой стратегии: не делать ничего. Он полагался на то, что, установив с ними хорошие отношения, сможет открыть новый рынок для торговли изделиями из стекла, сделанными в Акбаре. Кроме того, даже если ассирийцы готовятся здесь к войне, они должны знать, что маленькие города всегда принимают сторону победителя.

В таком случае все, что нужно ассирийским предводителям — пройти через эти города, не встретив сопротивления, и добраться до Тира и Сидона, которые действительно хранили богатства и знания своего народа.

Ассирийский отряд расположился лагерем в глубине долины, постепенно прибывали подкрепления. Жрец говорил, что знает причину появления ассирийцев: в городе есть колодец с водой, единственный колодец в нескольких днях пути по пустыне. Если ассирийцы хотят завоевать Тир или Сидон, им нужна эта вода, чтобы обеспечить ею свое войско.

В конце первого месяца их еще можно было изгнать. В конце второго Акбар мог бы с легкостью одержать победу и договориться о почетном отступлении ассирийских воинов.

Стали ждать боя, но ассирийцы не нападали. В конце пятого месяца еще можно было выиграть сражение. «Они скоро нападут, ведь наверняка они мучаются от жажды», — говорил себе наместник. Он потребовал, чтобы военачальник разработал план обороны и проводил постоянные учения своих войск на случай внезапного наступления врага.

Но сам наместник был занят только приготовлениями к миру.

◆

Прошло уже полгода, а ассирийское войско не двигалось с места. Волнение, охватившее Акбар в первые недели после появления врага, утихло. Люди продолжали жить

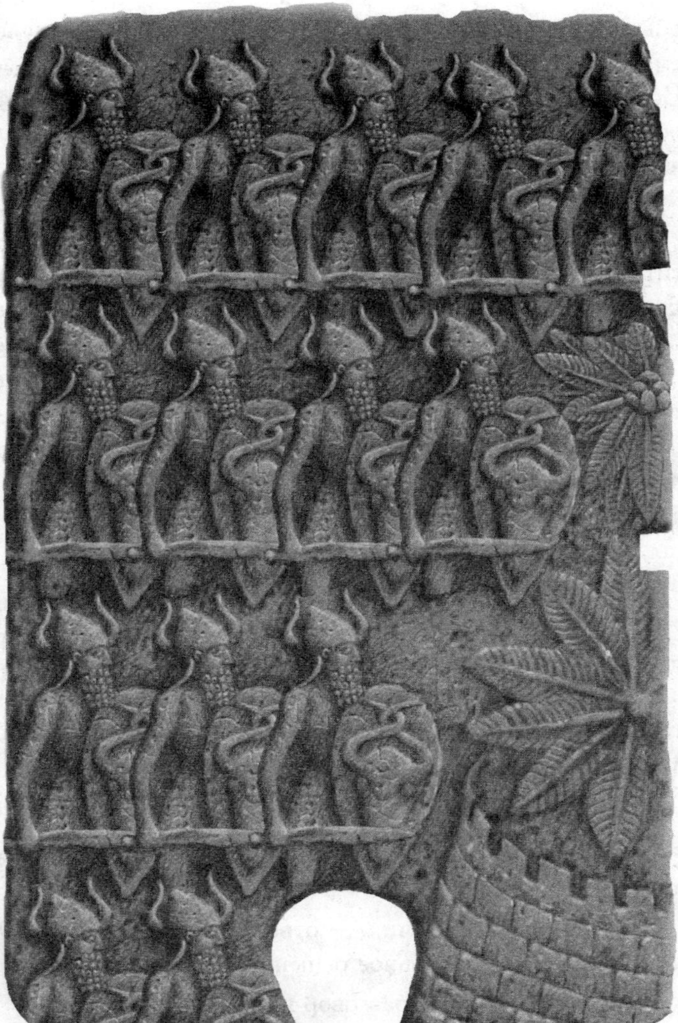

обычной жизнью: работали в поле, занимались виноделием, стекольным и мыловаренным делом, вели торговлю. Все считали, что еще удастся договориться о мире, и это объясняло, почему Акбар не нападал на врага. Все знали, что наместник избран богами и всегда принимает правильное решение.

Когда Илия пришел в город, наместник велел распустить слухи о проклятии, которое несет с собой чужеземец. Если же угроза войны окажется неотвратимой, он сможет объявить чужеземца главным виновником этого несчастья. Жители Акбара решат, что со смертью израильтянина все вернется на свои места. Тогда наместник разъяснит, что уже поздно требовать, чтобы ассирийцы покинули Акбар. Он велит убить Илию и скажет народу, что лучше всего заключить мир. По его мнению, торговцы, тоже желавшие мира, убедят и других согласиться с этим решением.

Все эти месяцы наместник сопротивлялся влиянию жреца и военачальника, требовавших немедленно напасть на врага. Но боги Пятой Горы никогда его не оставляли: теперь же, после чуда воскрешения, случившегося прошлой ночью, жизнь Илии стала важнее его казни.

◆

— Что делает с вами этот чужеземец? — спросил военачальник.

— Он ведом богами, — ответил наместник. — Он подскажет нам правильное решение.

Он тут же перевел разговор на другую тему.

— Похоже, сегодня в стане врага пополнение.

— Завтра их станет еще больше, — сказал военачальник. — Если бы мы напали, когда был всего один отряд, они бы, возможно, и не вернулись.

— Ты ошибаешься. Все равно кому-то из них удалось бы бежать, и они вернулись бы отомстить.

— Когда долго не убирают урожай, он гниет, — упорствовал военачальник. — Но если все время откладывать дела, их становится только больше.

Наместник возразил, что в Финикии почти три столетия царит мир, и народ этим очень гордится. Что скажут их потомки, если он разрушит это благоденствие?

— Направьте гонца, чтобы договориться с ними, — сказал Илия. — Самый лучший воин — тот, кто может сделать врага своим другом.

— Мы же не знаем точно, чего они хотят. Мы даже не знаем, собираются ли они захватить наш город. Как мы можем договариваться с ними?

— Угроза войны неминуема. Армия не станет терять время на учения на чужой земле.

С каждым днем прибывало все больше воинов, и наместник прикидывал в уме, сколько воды им понадобится. Через некоторое время город окажется беззащитным перед врагом.

— Мы все еще можем атаковать их сейчас? — спросил жрец военачальника.

— Можем. Мы потеряем много людей, но город будет спасен. Решать нужно быстро.

— Не следует делать этого, господин наместник. Боги Пятой Горы сказали мне, что у нас еще есть время для мирного решения, — сказал Илия.

Наместник сделал вид, что верит этому, хотя и слышал разговор жреца с израильтянином. Ему было все равно, кто будет управлять Сидоном и Тиром: финикийцы, хананеи или ассирийцы. Важно, чтобы город смог по-прежнему вести торговлю.

— Давайте начнем военные действия, — настаивал жрец.

— Подождем еще день, — просил наместник. — Может быть, все разрешится.

Ему нужно было время, чтобы найти правильное решение. Он спустился с крепостной стены и направился во дворец, потребовав, чтобы израильтянин шел за ним.

Со стены наместник видел, как пастухи гнали в горы овец, крестьяне работали в поле, надеясь добыть из высохшей земли хоть какой-то урожай, чтобы прокормить себя и свои семьи; воины учились биться на копьях, а купцы раскладывали свои товары на площади. Это казалось невероятным, но ассирийцы не отрезали путь через долину. Торговцы по-прежнему ездили через долину с товарами и платили городу пошлину за дороги.

— Почему ассирийцы не перекроют дорогу сейчас, когда им удалось собрать мощные силы? — поинтересовался Илия.

— Ассирии нужны товары, приходящие в порты Сидона и Тира, — ответил наместник. — Если возникнет угроза войны, купцы остановят торговлю. А это будет посерьезнее поражения в войне. Нужно что-то придумать, чтобы предотвратить войну.

— Да, — сказал Илия. — Если им нужна вода, мы можем продавать ее.

Наместник ничего не сказал. Но он понял, что израильтянин может послужить для него орудием против тех, кто хочет войны. Илия поднялся на вершину Пятой Горы и бросил вызов богам. Если жрец будет настаивать на войне с ассирийцами, единственный, кто сможет смело ему противостоять, это Илия. Наместник предложил Илии пройтись по городу и побеседовать.

Жрец по-прежнему стоял на крепостной стене, наблюдая за ассирийцами.

— А боги не могут остановить врага? — спросил военачальник.

— Я принес жертвы богам у Пятой Горы и попросил их послать нам более решительного правителя.

— Надо было действовать, как Иезавель: расправиться с пророками. Сегодня же наместник, слушая советы какого-то израильтянина, убеждает народ не воевать.

Военачальник бросил взгляд на гору.

— Мы можем подстроить убийство Илии, — ответил жрец. — Что касается наместника, тут мы ничего не можем сделать. Его отцы и деды властвуют уже несколько столетий. Его дед был нашим правителем, он передал власть богов своему сыну, а от него власть перешла нашему наместнику.

— Почему обычай запрещает нам поставить у власти более решительного человека?

— Обычай существует для того, чтобы в мире царил незыблемый порядок. Если мы вмешаемся в ход вещей, жизнь на земле закончится.

Жрец посмотрел вокруг. Небо и земля, горы и долина — все они исполняют то, что им предначертано. Иногда земля сотрясается, а иногда, как сейчас, долго не выпадают дожди. Но звезды по-прежнему светят в небе, а солнце не падает на головы людей. И все потому, что со времен Потопа люди знают, что невозможно изменить закон Сотворения мира.

В далеком прошлом существовала только Пятая Гора. Люди и боги жили вместе, гуляли по райским кущам, беседовали и смеялись. Но люди согрешили, и боги изгнали их. Поскольку отправить людей было некуда, боги создали вокруг горы землю, чтобы поселить их там, наблюдать за ними и всегда напоминать им, что они стоят на низшей ступени по сравнению с обитателями Пятой Горы.

Но боги позаботились и о том, чтобы оставить дверь для возвращения в Рай открытой. Если человечество пойдет по правильному пути, то в конце концов оно сможет вернуться на вершину Горы. А чтобы люди не забывали об этом, боги поручили жрецам и правителям постоянно рассказывать людям историю Сотворения мира.

Все народы верили, что, если лишить власти избранные богами семьи, последствия будут очень тяжелыми. Никто больше не вспоминал, почему избрали именно эти семьи, но все знали, что они в родстве с богами. Акбар существовал сотни лет, и им всегда управляли предки нынешнего наместника. Много раз город подвергался завоеваниям, был во власти угнетателей и варваров, но всегда враг покидал город сам или был изгнан. И снова воцарялся прежний порядок, люди возвращались к обычной жизни.

Обязанностью жрецов было хранить этот порядок: все в мире имело свое предназначение, миром правили законы. Остались в прошлом те времена, когда человек пытался понять богов, теперь пришла пора почитать их и делать все, что они хотят. Боги были капризны, и прогневить их было легко.

Если не совершались обряды сбора урожая, земля не давала плодов. Если забывали о каких-то жертвоприношениях, город поражали смертельные болезни. Если снова и снова призывали бога погоды, он мог сделать так, что ни люди, ни пшеница больше не росли.

— Посмотрите на Пятую Гору, — сказал жрец военачальнику. — С высоты горы боги управляют долиной и защищают нас. У них есть свой божественный план относительно Акбара. Чужеземец умрет или вернется на свою землю. Наместник однажды исчезнет, а его сын будет более мудрым, чем он. То, что мы сейчас переживаем, — преходяще.

— Нам нужен новый правитель, — сказал военачальник. — Если мы останемся под властью этого наместника, враг разгромит нас.

Жрец знал, что именно этого и хотят боги, чтобы положить конец угрозе Библоса. Но он ничего не сказал, только в очередной раз порадовался тому, что правители всегда, вольно или невольно, исполняют то, что уготовано миру.

◆

Во время прогулки по городу Илия изложил наместнику свои взгляды на необходимость мира с ассирийцами, в результате чего был назначен его советником. Когда они вышли на площадь, к ним приблизились страждущие, но Илия объявил, что боги Пятой Горы запретили ему исцелять больных. В конце дня он вернулся в дом вдовы. Ребенок играл посреди улицы, и Илия возблагодарил небеса за то, что Господь избрал его для свершения этого чуда.

Вдова ждала его к ужину. К его удивлению, на столе стоял кувшин с вином.

— Люди принесли тебе подарки в знак благодарности, — сказала она. — А я хочу попросить прощения за то, что была несправедлива к тебе.

— Несправедлива? — удивился Илия. — Разве ты не видишь, что все это — лишь часть Божьего замысла?

Вдова улыбнулась, ее глаза заблестели, и он заметил, как она хороша... Она была по меньшей мере на десять лет старше его, но Илия испытывал к ней чувство глубокой нежности. Это было непривычное чувство, и он испугался. Ему вспомнились глаза Иезавели и то, о чем он попросил Бога, покидая дворец Ахава, — что хотел бы жениться на женщине из Ливана.

— Пусть моя жизнь прошла бесцельно, зато у меня есть сын. А о тебе люди будут помнить, ибо ты вернул человека из царства мертвых, — сказала она.

— Твоя жизнь не бесцельна. Я пришел в Акбар по велению Бога, и ты дала мне кров. Если когда-нибудь вспомнят о твоем сыне, то обязательно вспомнят и о тебе.

Она наполнила вином две чаши, и они осушили их, воздав хвалу солнцу и небесным светилам.

— Ты пришел из далекой страны, следуя знакам неизвестного мне Бога, ставшего теперь и моим Богом. Мой сын тоже вернулся из дальних мест, и он будет рассказывать своим внукам замечательную историю. Жрецы запомнят его слова и передадут их следующим поколениям.

Это благодаря памяти жрецов жители Акбара знали свое прошлое, свои завоевания, древних богов, воинов, отдавших жизнь за свою землю. Хотя теперь появились новые способы ведения летописи, жители Акбара свято верили только в память жрецов. Люди могут писать что угодно, но никто из них не может помнить то, чего не существовало.

— А что смогу рассказать я? — продолжала женщина, наполняя еще раз чашу Илии. — Я не могу похвастаться силой воли или красотой Иезавели. Моя жизнь похожа на многие другие: свадьба, устроенная родителями, когда я была еще совсем девочкой, хлопоты по дому, когда я уже повзрослела, обряды по святым дням, муж, всегда чем-то занятый. Пока он был жив, мы никогда не говорили ни о чем важном. Он занимался своими делами, я готовила пищу и убирала дом, и так прошли лучшие годы нашей жизни.

— После его смерти единственное, что мне осталось, — это нищета и воспитание сына. Когда сын вырастет, он станет бороздить морские просторы, а я уже никому не буду нужна. Во мне нет ненависти или обиды, а только чувство собственной ненужности.

Илия наполнил чаши еще раз. Сердце его тревожно заныло, ему было хорошо рядом с этой женщиной. Любовь, быть может, более тяжелое испытание, чем стоять лицом к лицу с воином Ахава, направившим стрелу прямо в твое сердце. Если тебя настигнет стрела, ты погибнешь, в остальном остается уповать на Бога. Если же тебя настигнет любовь, дальнейшее зависит от тебя самого.

«Я так хотел обрести в жизни любовь», — подумал он.

Но теперь, когда она совсем рядом — а это точно она, нужно только не убегать от нее, — единственное, чего ему хотелось, это как можно скорее забыть о ней.

Его мысли вернулись к тому дню, когда он пришел в Акбар после долгого одиночества у реки Хораф. Он томился от жажды и был так измучен, что не мог ничего вспомнить, кроме тех мгновений, когда пришел в сознание и увидел, как она смачивает ему губы каплями воды. Его лицо было так близко, как никогда в жизни ему не доводилось быть рядом с женщиной. Он заметил, что у нее такие же зеленые глаза, как у Иезавели, только блестели они иначе, будто могли отражать кедровые деревья, океан, о котором он столько мечтал, но так и не увидел, и — верить ли? — ее собственную душу.

«Как мне хотелось бы сказать ей об этом, — подумал он. — Но я не знаю как. Легче говорить о любви к Богу».

Илия отпил еще немного вина. Она заметила, что ему не понравились ее слова, и заговорила о другом.

— Ты поднимался на Пятую Гору? — спросила она.

Он кивнул.

Ей хотелось спросить, что он увидел на вершине горы и как ему удалось уберечься от небесного огня. Но, похоже, у него не было настроения говорить об этом.

«Он — пророк и видит мою душу насквозь», — подумала она.

С тех пор, как израильтянин вошел в ее жизнь, все изменилось. Даже бедность стало легче переносить, ведь этот чужеземец пробудил в ней то, чего она никогда не знала, — любовь. Когда заболел сын, ей пришлось защищать Илию перед всеми соседями, чтобы он мог остаться в ее доме.

Она знала, что Господь для него важнее всего на свете. Она понимала, что не должна мечтать об этом человеке, ведь он может уйти в любую минуту, пролить кровь Иезавели и никогда больше не вернуться, чтобы рассказать о случившемся.

Пусть так, все равно она будет любить его, ведь впервые в жизни она поняла, что это свобода. Она может любить его, даже если он никогда об этом не узнает. Ей не нужно его согласие, чтобы скучать о нем, думать о нем день-деньской, ждать его к ужину и беспокоиться, не замыслили ли чего люди против чужеземца.

Это — свобода: чувствовать, к чему стремится твое сердце, что бы ни говорили другие. Она яростно спорила с друзьями и соседями по поводу чужеземца в ее доме, но противостоять самой себе не было нужды.

Илия выпил еще немного вина, извинился и ушел в свою комнату. Она вышла на улицу. Увидев сына, играющего перед домом, она обрадовалась и решила немного прогуляться.

Она была свободна, ибо любовь дарует свободу.

◆

Илия долго сидел в комнате, глядя в стену. Наконец он решился воззвать к своему ангелу.

— Моя душа в опасности, — сказал он.

Ангел хранил молчание. Илия засомневался, продолжать ли разговор, но теперь уже было поздно: нельзя без причины взывать к ангелу.

— Когда я рядом с этой женщиной, я чувствую себя неловко.

— Напротив, — ответил ангел. — Это-то тебя и беспокоит. Ведь ты можешь влюбиться в нее.

Илие стало стыдно, ведь ангел хорошо знал его душу.

— Любовь опасна, — сказал он.

— Даже очень, — ответил ангел. — Но что с того?

Сказав это, он исчез.

Ангел не сомневался в том, что терзало сердце юноши. Да, Илия знал, что такое любовь. Он видел, как царь Израиля отступился от Бога из-за царевны Сидонской, Иезавели, завоевавшей его сердце. Как гласит поверье, царь Соломон лишился престола из-за чужестранки. По вине Далилы филистимляне схватили Самсона и выкололи ему глаза.

Как мог он не знать о любви? История полна трагических примеров на эту тему. Но даже если бы он не знал священных текстов, перед ним был пример его друзей и друзей их друзей, которые ночи напролет мучились и терзали себя надеждой. Если бы в Израиле у него была любимая, ему было бы нелегко покинуть свой город, когда этого потребовал Господь, и сейчас его не было бы в живых.

«Я веду бесполезную борьбу, — подумал он. — Любовь победит в этой схватке, и я буду любить эту женщину до конца своих дней. Господи, пошли меня обратно в Израиль, чтобы я никогда не смог сказать этой женщине, что чувствую к ней. Ведь она не любит меня и скажет мне, что ее сердце похоронено вместе с телом ее мужа».

*Н*а следующий день Илия снова встретился с военачальником. Он узнал, что в лагерь ассирийцев пришло пополнение.

— Каково сейчас соотношение сил? — спросил он.

— Я не буду говорить об этом с врагом Иезавели.

— Я — советник наместника, — ответил Илия. — Вчера он назначил меня своим помощником, и тебе уже наверняка сообщили об этом. Ты обязан ответить мне.

Военачальник почувствовал сильное желание убить чужестранца.

— На двух ассирийцев приходится один наш воин, — нехотя ответил он.

Илия знал, что неприятелю необходимо более многочисленное войско.

— Наступает наиболее подходящий момент для начала мирных переговоров, — сказал он. — Они увидят, что мы проявляем великодушие, и тогда мы сможем добиться лучших условий. Любой командующий армией знает, что для завоевания города нужно пять воинов на одного защитника.

— Они и достигнут этого числа, если мы не атакуем их немедленно.

— Они не смогут обеспечить водой столько людей, даже если у них достаточно запасов еды. Тогда настанет час посылать наших гонцов.

— Когда же настанет этот час?

— Подождем, пока число ассирийских воинов увеличится еще немного. Когда их жажда станет невыносимой, они будут вынуждены напасть на Акбар. Но они знают, что мы их разгромим, если их будет трое или четверо на одного нашего воина. Тогда-то наши гонцы и предложат им мир, позволят покинуть город и продадут им воду. Таков замысел наместника.

Военачальник ничего не сказал и подождал, пока уйдет чужеземец. Даже если Илия умрет, на этом же решении станет настаивать наместник. Военачальник поклялся себе, что, если это произойдет, он убьет наместника, а затем покончит с собой, не дожидаясь, пока на него обрушится гнев богов.

Но ни за что в жизни он не позволит предать свой народ из-за денег.

♦

«Господи, отведи меня обратно на землю Израильскую, — взывал каждый день Илия, бродя по долине. — Не позволяй моему сердцу оставаться в плену».

Следуя обычаю пророков, известному ему еще с детства, он стал истязать себя плетью каждый раз, когда думал о вдове. Его спина превратилась в сплошную кровавую рану, и он два дня провел в лихорадочном бреду. Когда Илия очнулся, первое, что он увидел, было лицо вдовы. Она выхаживала его, накладывая на раны мазь и оливковое масло. Он был слишком слаб, чтобы спускаться вниз, и она сама приносила ему еду.

◆

Едва выздоровев, он снова ушел в долину.

«Отпусти меня обратно на землю Израильскую, Господи, — говорил он. — Пусть сердце мое останется в Акбаре, а тело может продолжить свой путь».

Перед ним явился ангел. Это был не ангел Господень, увиденный им на вершине горы, а ангел, хранивший его, — тот, к чьему голосу он уже привык.

— Господь слышит молитвы тех, кто просит забыть о ненависти. Но Он глух к тем, кто хочет убежать от любви.

◆

Илия, вдова и ее сын ужинали вместе каждый вечер. Как и обещал Господь, мука в кадке не истощалась и масло в кувшине не убывало.

Они редко разговаривали во время еды. Но однажды вечером мальчик спросил:

— Кто такой пророк?

— Тот, кто слышит те же голоса, что и в детстве, и все еще верит в них. Так он может узнать, что думают ангелы.

— Да, я знаю, о чем ты говоришь, — сказал мальчик. — У меня есть друзья, которых никто больше не видит.

— Никогда не забывай о них, даже если взрослые скажут тебе, что это глупости. Так ты всегда будешь знать, чего хочет Бог.

— Я узнаю будущее, как вавилонские прорицатели! — сказал ребенок.

— Пророки не знают о грядущем. Они лишь передают те слова, которыми вдохновляет их Господь прямо сейчас. Поэтому я нахожусь здесь и не знаю, когда вернусь в свою страну. Он скажет мне об этом не раньше положенного срока.

Глаза женщины наполнились грустью. Да, однажды он уйдет.

◆

Илия больше не взывал к Богу. Он решил, что, когда придет время покинуть Акбар, он возьмет с собой вдову и ее сына. Он ничего не станет говорить им, пока не придет время.

Может статься, она и не захочет уходить. А может быть, она не знает о его любви к ней, ведь он сам это понял поздно. Если так и произойдет, будет даже лучше — он сможет целиком посвятить себя изгнанию Иезавели и возрождению Израиля. Ему некогда будет думать о любви.

«*Господь — пастырь мой*, — сказал Илия, вспомнив старую молитву царя Давида. — *Он укрепляет душу мою и водит меня к водам тихим*».

«И не укроет от меня смысл моей жизни», — заключил он собственными словами.

◆

Однажды он вернулся домой раньше обычного и увидел, что вдова сидит на пороге дома.

— Что ты делаешь?

— Мне нечем заняться, — ответила она.

— Так научись чему-нибудь. В наше время люди потеряли интерес к жизни: они не скучают, не плачут, лишь ждут, когда пройдет время. Они отказались от борьбы, а жизнь отказалась от них. Это грозит и тебе: действуй, смело иди вперед, но не отказывайся от жизни.

— Моя жизнь снова обрела смысл, — сказала она, потупив взор. — С тех пор, как пришел ты.

◆

На какую-то долю секунды он почувствовал, что готов все бросить ради нее. Но решил не рисковать, ведь она, наверное, говорила о чем-то другом.

— Научись чему-нибудь, — сказал он, меняя тему. — Тогда время станет твоим союзником, а не врагом.

— Чему я могу научиться?

Илия поразмыслил немного.

— Письму *Библос*. Оно пригодится, если тебе придется когда-нибудь отправиться в далекие странствия.

Вдова решила полностью посвятить себя изучению Библоса. Ей никогда не приходило в голову покинуть Акбар, но, судя по тому, что говорил Илия, он, скорее всего, хочет увести ее с собой.

Она вновь ощутила себя свободной. На следующий день она проснулась на рассвете и отправилась в город. Она шла по улицам, и улыбка сияла на ее лице.

— Илия все еще жив, — сказал жрецу военачальник два месяца спустя. — Ты не смог убить его.

— Во всем Акбаре не найти человека, который захотел бы это сделать. Израильтянин утешает страждущих, приходит к заключенным, кормит голодных. Когда кому-нибудь нужно разрешить спор с соседом, обращаются к нему, и все соглашаются с его суждениями, ведь они справедливы. Наместнику он нужен для укрепления своего влияния, но никто этого не понимает.

— Торговцы не хотят войны. Если влияние наместника усилится и он убедит народ в преимуществе мира, мы никогда не сможем изгнать ассирийцев с нашей земли. Нужно немедленно убить Илию.

Жрец указал на Пятую Гору, вершина которой вечно утопала в облаках.

— Боги не допустят, чтобы иноземцы унижали их страну. Они постараются помочь нам: что-нибудь должно случиться, и мы сможем этим воспользоваться.

— Что может случиться?

— Не знаю. Но я буду внимательно следить за знаками. Не говори больше никому о точном числе ассирийского войска. Всякий раз, когда тебя будут спрашивать, говори, что ассирийских воинов все еще лишь в четыре раза больше, чем наших. И продолжай готовить к войне свои войска.

— Зачем мне это делать? Если они добьются соотношения сил пять к одному, мы пропали.

— Нет, мы будем на равных. Когда произойдет сражение, ты будешь бороться с не менее сильным врагом, и тебя не смогут назвать трусом, нападающим на слабых. Войско Акбара встретится в сражении с врагом и победит, ведь его военачальник выбрал самую лучшую стратегию.

Поддавшись соблазну тщеславия, военачальник принял это предложение. С этого момента он стал скрывать численность войск от наместника и от Илии.

П{рошло еще два месяца. Ассирийское войско достигло соотношения пять воинов к одному защитнику Акбара. Ассирийцы могли в любой момент перейти в наступление.

С некоторых пор Илия стал подозревать, что военачальник скрывает от него правду о силах неприятеля, но это могло быть и к лучшему: когда соотношение сил достигнет критической точки, будет нетрудно убедить народ в том, что единственный выход — мир.

Он размышлял об этом, направляясь к площади, где раз в неделю помогал горожанам решать их споры. Обычно это были не очень существенные дела: ссоры соседей, старики, не желавшие больше платить налоги, купцы, уверявшие, что кто-то вредит их торговле.

Наместник уже был там. Он имел обыкновение иногда приходить на площадь, чтобы повидаться с пророком. Илия больше не испытывал никакой неприязни к наместнику. Он понял, что это человек умный и осторожный, хотя не верит в духовную жизнь и безумно боится смерти. Были случаи, когда он использовал свою власть, чтобы придать словам Илии силу закона. Иногда Илия не соглашался с его решением, но со временем понимал, что наместник был прав.

Под его руководством Акбар превратился в образцовый финикийский город. Наместник установил более справедливый порядок податей, благоустраивал улицы города и разумно распоряжался доходами, полученными от налогов на товары. Наступило время, когда Илия потребовал, чтобы наместник запретил горожанам пить вино и пиво. Дело в том, что большинство ссор, которые ему приходилось улаживать, происходили по вине пьяных гуляк. Наместник возразил ему, что в большом городе иначе и не может быть. Согласно обычаю, боги радуются, когда народ веселится в конце рабочей недели, и защищают пьяных.

Кроме того, его земля славится изготовлением одного из лучших вин в мире. Иноземцы заподозрили бы неладное, если бы сами жители Акбара не пили вина. Илия чтил решения наместника и в конце концов согласился с тем, что веселые люди и трудятся лучше.

— Тебе не нужно так сильно стараться, — сказал наместник перед тем, как Илия приступил к работе в тот день. — Советник ведь только предлагает свое мнение правителям.

— Я тоскую по своей земле и хочу туда вернуться. Когда я занимаюсь делами, я чувствую себя нужным и забываю о том, что я — чужеземец, — ответил Илия.

«И мне легче сдерживать свою любовь к ней», — сказал он про себя.

◆

Публичный суд представлял собой толпу людей, окружавших пророка и внимательно слушавших его слова. Люди все прибывали: среди них были старики, которые не могли больше работать в полях и приходили, чтобы одобрить или осудить решения Илии. Другие были напрямую заинтересованы в решении дел: они либо надеялись извлечь для себя выгоду, либо сами были потерпевшими. Приходили также женщины и дети — просто от нечего делать.

Он приступил к утренним делам. В первом речь шла о пастухе, который мечтал о сокровищах, спрятанных около пирамид в Египте. Ему нужны были деньги, чтобы туда отправиться. Илия никогда не был в Египте, но знал, что это далеко, и сказал, что вряд ли тот сможет раздобыть достаточно денег на дорогу. Но если он решится продать овец и заплатит за свою мечту, он обязательно найдет то, что ищет.

Затем подошла женщина, которая хотела научиться магическим искусствам Израиля. Илия сказал, что он не учитель, а только пророк.

Когда он готовился найти мирное решение в случае с крестьянином, оклеветавшим жену соседа, из толпы вышел воин и направился к наместнику.

— Отряд поймал лазутчика, — сказал он, обливаясь потом. — Его уже ведут сюда.

Толпу охватило волнение: они впервые будут присутствовать на таком суде.

— Смерть! — крикнул кто-то. — Смерть врагам!

Все присутствующие поддержали его криками. В мгновение ока новость облетела весь город, и площадь наполнилась людьми. Илие с трудом удавалось решать другие дела, каждую секунду кто-нибудь прерывал его, требуя скорее привести чужеземца.

— Я не могу судить этого человека, — сказал Илия. — Это обязанность правителей Акбара.

— Что здесь нужно ассирийцам? — спросил кто-то. — Разве они не видят, что мы издавна живем в мире?

— Почему они хотят нашу воду? — крикнул другой. — Зачем они угрожают нашему городу?

Никто месяцами не решался открыто говорить о присутствии неприятеля. Хотя все видели на горизонте стан ассирийцев, который постоянно пополнялся новыми воинами, хотя торговцы говорили, что нужно скорее начинать договариваться о мире, народ Акбара отказывался верить в угрозу нападения. Если не считать набега какого-то жалкого племени, который был с легкостью отражен, войны существовали лишь в памяти жрецов. Они рассказывали о стране Египет, о боевых колесницах, запряженных лошадьми, о богах в обличье животных. Но Египет давно уже не могущественное государство, и темнокожие воины, говорившие на непонятном языке, давно вернулись на свою землю. Теперь жители Тира и Сидона господствуют на море, подчиняя себе весь мир. Они, искушенные в военном деле, изобрели новый способ борьбы — торговлю.

— Почему люди волнуются? — спросил наместник у Илии.

— Они понимают, что что-то изменилось. Мы с вами знаем, что начиная с сегодняшнего дня ассирийцы могут в любой момент напасть на нас. Мы с вами знаем, что военачальник лгал, сообщая нам о числе вражеских войск.

— Но он же не безумец, чтобы кому-то рассказывать об этом. Он породил бы панику в городе.

— Каждый человек чувствует опасность. Он начинает как-то странно вести себя, у него появляются предчувствия, он что-то ощущает в воздухе. И он пытается обмануть себя, потому что ему кажется, что он не выдержит борьбы. До сегодняшнего дня люди пытались обманывать себя, но настало время, когда нужно взглянуть правде в глаза.

К ним подошел жрец.

— Пойдем во дворец, нужно созвать совет старейшин Акбара. Военачальник уже в пути.

— Не делай этого! — тихо сказал Илия наместнику. — Они не позволят тебе сделать так, как ты хочешь.

— Пойдем, — настойчиво повторил жрец. — Лазутчик взят под стражу, нужно срочно принять решение.

— Устрой суд на площади среди людей, — прошептал Илия. — Они поддержат тебя, ведь они хотят мира, хотя и требуют войны.

— Приведите сюда этого человека! — потребовал наместник. В толпе раздались крики радости. Народ впервые будет присутствовать на совете города.

— Мы не можем это сделать! — сказал жрец. — Это дело тонкое, и для решения нужно спокойствие.

В толпе засвистели и запротестовали.

— Приведите его сюда! — повторил наместник. — Суд над ним состоится на этой площади, среди людей. Мы вместе трудились, чтобы Акбар превратился в процветающий город, и вместе будем вершить суд надо всем, что может представлять для нас угрозу.

Это решение вызвало бурные рукоплескания. Появилось несколько воинов Акбара. Они тащили полуголого окровавленного человека. Ему, видимо, здорово досталось, прежде чем его доставили сюда.

Шум прекратился. На площади воцарилось тягостное молчание. Слышно было, как на другом конце площади в пыли возятся свиньи и шумят играющие дети.

— Зачем вы так поступили с пленным? — крикнул наместник.

— Он сопротивлялся, — ответил один из стражников. — Сказал, что он не лазутчик. Что пришел сюда говорить с вами.

Наместник распорядился принести из своего дворца три кресла. Его слуги принесли мантию, которую он всегда надевал, когда нужно было созвать совет Акбара.

◆

Наместник и священник сели в кресла. Третье кресло предназначалось военачальнику, но его все еще не было.

— Торжественно объявляю начало суда города Акбара! Пусть вперед выйдут старейшины!

Несколько старцев приблизились к жрецу и наместнику и встали полукругом за их креслами. Это был совет старейшин. В прежние времена их решения чтили и исполняли. Теперь же их присутствие мало что значило. Их роль была чисто церемониальной, — они нужны были лишь для того, чтобы соглашаться со всеми решениями наместника.

Наместник совершил необходимые обряды: помолился богам Пятой Горы, упомянул имена древних героев. Затем он обратился к пленнику.

— Что тебе нужно?

Тот не ответил. Он как-то странно смотрел в лицо наместнику, словно чувствовал себя с ним на равных.

— Что тебе нужно? — настойчиво повторил наместник.

Жрец коснулся его руки.

— Нам не обойтись без толмача. Он не говорит на нашем языке.

Был отдан приказ. Один из стражников отправился на поиски торговца, который мог бы послужить переводчиком. Торговцы никогда не приходили на собрания, которые устраивал Илия. Они были заняты своими делами и подсчетом своих доходов.

Пока все ждали, жрец шепотом сказал:

— Пленника избили, потому что они боятся. Позволь мне вершить этот суд, не говори ничего: паника приводит людей в ярость. Если мы не возьмем все в свои руки, то можем потерять контроль над происходящим.

Наместник не ответил. Ему тоже было страшно. Он поискал глазами Илию, но не увидел его с того места, где сидел.

Стражник привел недовольного торговца. Тот возмущался, что из-за суда теряет время, а у него еще много дел. Но жрец, сурово взглянув на купца, потребовал, чтобы тот успокоился и переводил их разговор.

— Что тебе здесь нужно? — спросил наместник.

— Я не лазутчик, — ответил мужчина. — Я один из предводителей и пришел, чтобы поговорить с вами.

Как только была переведена первая фраза, публика, стоявшая до того в полной тишине, разразилась криками. Все кричали, что пленник лжет и что его немедленно нужно казнить.

Жрец потребовал тишины и повернулся к пленнику:

— О чем ты хочешь поговорить?

— Ходит слава о том, что наместник — человек мудрый, — сказал ассириец. — Мы не хотим разрушать этот город, нас интересуют Тир и Сидон. Но Акбар расположен на середине пути и правит в этой долине. Если нам придется сражаться, мы потеряем людей и время. Я пришел предложить сделку.

«Он говорит правду, — подумал Илия. Он заметил, что окружён группой воинов, загородивших его от наместника. — Он думает так же, как и мы. Господь совершил чудо и сейчас спасёт нас».

Жрец поднялся и крикнул толпе:

— Вы видите? Они хотят уничтожить нас без боя!

— Продолжай, — сказал наместник.

Однако снова вмешался жрец:

— Наш наместник — достойный человек, он не хочет проливать кровь. Но город в осаде, и осуждённый, стоящий перед вами, — враг!

— Он прав! — крикнул кто-то из толпы.

Илия понял, что ошибся. Жрец подстрекал толпу, в то время как наместник пытался вершить правосудие. Он хотел подойти поближе, но его оттолкнули. Кто-то из воинов удержал его за руку.

— А ты подожди здесь. В конце концов, это была твоя идея.

Он обернулся: это был военачальник, он улыбался.

— Мы не можем слушать никаких предложений, — продолжал жрец, жесты и слова которого демонстрировали переполняющие его чувства. — Если мы покажем, что хотим вести переговоры, то проявим этим и свой страх. Народ Акбара храбр и способен оказать сопротивление любому вторжению.

— Но ведь этот человек стремится к миру, — сказал наместник, обращаясь к толпе.

Кто-то сказал:

— Купцы заинтересованы в мире. Жрецы хотят мира. Наместники хотят править мирными городами. Но армия хочет только одного — войны!

— Разве вы не понимаете, что нам удалось сломить израильскую веру без всяких войн? — вскричал наместник. — Мы не посылали ни войска, ни корабли, а послали Иезавель. Теперь израильтяне поклоняются Ваалу, и нам не нужно жертвовать ни одним воином.

— Ассирийцы подослали нам не прекрасную женщину, а своих воинов! — крикнул еще громче жрец.

Народ требовал смерти ассирийца. Наместник потянул жреца за руку.

— Сядь, — сказал он. — Ты слишком далеко зашел.

— Решение о публичном суде было твоим. Или, лучше сказать, это решение израильского предателя, который, похоже, руководит действиями правителя Акбара.

— С ним я разберусь потом. А сейчас нам нужно узнать, чего хочет ассириец. Много веков люди пытались силой навязывать свою волю: делали то, что хотели, но не желали знать, что об этом думают другие. Все царства рушились из-за этого. Наш народ стал сильнее потому, что научился слушать. Так мы развивали и торговлю — прислушиваясь к желаниям других людей и стараясь их удовлетворить. Результат — наши успехи в торговле.

Жрец покачал головой.

— Твои слова кажутся мудрыми, и в этом самая большая опасность. Если бы ты говорил глупости, было бы легко доказать, что ты ошибаешься. Но то, что ты сейчас сказал, заводит нас в ловушку.

Люди в первом ряду были свидетелями этих пререканий. До сих пор наместник всегда старался прислушиваться к мнению совета, и у Акбара была прекрасная репутация. Тир и Сидон направляли своих посланников посмотреть, как наместник управляет городом. Его имя дошло уже до императора, и при определенной доле везения он мог бы стать советником при дворе.

Но сегодня его авторитету публично был брошен вызов. Если он не проявит решимости, то потеряет уважение народа и больше не сможет принимать важные решения, ведь никто не будет ему повиноваться.

— Продолжай, — сказал он пленнику, не обращая внимания на яростный взгляд жреца и требуя, чтобы купец перевел его вопрос.

— Я пришел предложить вам сделку, — сказал ассириец. — Вы освобождаете для нас путь, и мы двинемся на Тир и Сидон. Когда эти города будут разгромлены — а это неизбежно, ведь большая часть защитников этих городов плавает по морям на торговых кораблях, — мы щедро вознаградим за это Акбар. И сохраним за тобой власть наместника.

— Вы видите? — сказал жрец, снова поднимаясь с места. — Они считают, что наш наместник способен пожертвовать честью Акбара ради собственной власти!

Толпа взревела от ярости. Этот полуголый раненый пленник хочет установить свои правила! Побежденный, предлагающий городу сдаться!

Несколько человек даже пробились вперед, чтобы наброситься на пленника. Стражам с большим трудом удалось удержать этих людей.

— Подождите! — сказал наместник, стараясь перекричать толпу. — Перед нами беззащитный человек, который не может вызвать у нас страха. Мы знаем, что наше войско лучше обучено, а наши воины отважнее. Нам не нужно никому ничего доказывать. Если мы решим бороться, то победим в сражении, но наши потери будут огромны.

Илия закрыл глаза и взмолился о том, чтобы наместнику удалось убедить народ.

— Наши предки рассказывали нам о египетском царстве, но эти времена прошли, — продолжал он. — Сейчас мы возвращаемся в Золотой Век, мы знаем, что наши отцы и деды смогли жить в мире. Почему же мы должны нарушить эту традицию? Сегодня войны ведутся в торговых делах, а не на полях сражений.

Постепенно толпа успокаивалась. Наместник брал верх!

Когда шум стих, он обратился к ассирийцу.

— Того, что ты предлагаешь, мало. Вам придется заплатить подати, которые платят купцы за то, что проходят по нашей земле.

— Поверь, наместник, у вас нет выбора, — ответил пленник. — У нас достаточно людей, чтобы сравнять с землей этот город и убить всех его жителей. Вы давно живете в мире и уже позабыли, как сражаться, в то время как мы завоевываем мир.

Толпа снова зашумела. Илия думал: «Наместник не может сейчас показывать свою нерешительность». Но спорить с ассирийским воином, который даже в плену навязывал свои условия, было нелегко. Каждую минуту на площади становилось все больше людей. Илия заметил в толпе даже купцов, которые бросили свои дела, обеспокоенные развитием событий. Суд принимал опасный поворот. Нельзя было больше уходить от решений, будь то сделка или смерть.

◆

Люди разделились: одни выступали за мир, другие требовали, чтобы Акбар оказал сопротивление. Наместник шепотом сказал жрецу:

— Этот человек при всех унизил меня. Но ты поступил не лучше.

Жрец повернулся к нему. И, стараясь говорить так, чтобы никто другой не услышал, велел немедленно приговорить ассирийца к смерти.

— Я не прошу, а требую. Ты сохраняешь власть лишь благодаря мне, и я могу покончить с этим когда угодно, тебе ясно? Я знаю, какие жертвоприношения могут смягчить гнев богов, когда мы вынуждены сменить правящую династию. Это будет не первый случай: даже в Египте, царстве, просуществовавшем тысячи лет, было много случаев, когда сменялись династии. И все-таки жизнь во Вселенной не прекратилась, небо не обрушилось на наши головы.

Наместник побледнел.

— Военачальник стоит в толпе с несколькими воинами. Если ты будешь настаивать на соглашении с ассирийцем, я скажу всем, что боги оставили тебя. И тебя лишат твоей власти. Давай продолжим суд. Ты будешь делать только то, что я велю.

Если бы Илия находился поблизости, у наместника осталась хотя бы одна возможность: он попросил бы израильского пророка рассказать о том, что он видел ангела на вершине Пятой Горы. Он напомнил бы всем историю воскрешения сына вдовы. И тогда собравшиеся собственными глазами увидели бы пророка, способного творить чудеса, рядом с человеком, не обладавшим никакой сверхъестественной силой.

Но Илия отсутствовал, и у него больше нет выбора. Да и потом, это всего лишь пленник. Никакое войско в мире не начинает войну из-за гибели одного воина.

— Твоя взяла, — сказал он жрецу. Когда-нибудь он расквитается с ним.

Жрец согласно кивнул головой. Вслед за тем прозвучал вердикт.

— Никто не покорит Акбар, — сказал наместник. — И никто не войдет в наш город без разрешения его жителей. Ты попытался сделать это, и я приговариваю тебя к смерти.

Услышав это, Илия закрыл глаза. Военачальник улыбался.

Пленника, окруженного толпой, привели на место казни у городской стены. Там с него сорвали остатки одежды и оставили нагим. Один из воинов толкнул его на дно ямы, вырытой рядом со стеной. Народ столпился возле ямы. Люди проталкивались поближе, чтобы получше все разглядеть.

— Воин с гордостью носит свои доспехи и не прячется от врага, потому что он храбр. Шпион одевается как женщина, потому что он трус, — крикнул наместник так, чтобы все услышали. — Поэтому я приговариваю его к смерти, лишенной чести храбрых.

Народ освистал пленника и криками одобрил наместника.

Пленник говорил что-то, но толмача поблизости больше не было, и никто не мог его понять. Илие удалось пройти вперед и подойти ближе к наместнику, но было уже поздно. Когда он дотронулся до его мантии, тот грубо оттолкнул его.

— Это твоя вина. Ты хотел устроить публичный суд.

— Нет, это твоя вина, — ответил Илия. — Даже если бы ты созвал совет Акбара тайно, военачальник и жрец сделали бы то, что хотели. В течение всего процесса я был окружен стражниками. Все было хорошо продумано.

Обычай гласил, что продолжительность казни избирает жрец. Он наклонился, взял камень и протянул его наместнику. Камень был не такой крупный, чтобы повлечь быструю смерть, но и не слишком мелкий, чтобы продлить страдание.

— Ты первый.

— Я вынужден это сделать, — тихо произнес наместник, чтобы его слышал только жрец. — Но я знаю, что это неправильный путь.

— Все эти годы ты вынуждал меня идти на более суровые меры, а сам старался делать лишь то, что было приятно народу, — так же тихо ответил жрец. — Не раз я терзался сомнениями и чувством вины, проводил бессонные ночи, преследуемый призраками ошибок, которые, возможно, совершил. Но благодаря тому, что я не струсил, весь мир сейчас с завистью смотрит на Акбар.

Люди принялись искать камни подходящего размера. Какое-то время слышен был только стук камней друг о друга. Жрец продолжил:

— Может быть, я ошибаюсь, осуждая этого человека на смерть. Но не в том, что касается чести нашего города. Мы — не предатели.

◆

Наместник поднял руку и бросил первый камень. Пленник увернулся от удара. Однако вслед за этим толпа с криком и свистом принялась забрасывать его камнями.

Ассириец пытался защищать лицо руками, и камни попадали ему в грудь, в спину, в живот. Наместник хотел уйти оттуда. Он уже много раз видел это зрелище, знал, что смерть будет медленной и мучительной, что лицо превратится в сплошное месиво из костей, волос и крови, а люди будут кидать камни даже после того, как жизнь покинет это тело.

Через несколько минут пленник перестанет защищаться и опустит руки. Если он был хорошим человеком, боги направят один из камней, и тот попадет ему в темя и вызовет обморок. А если он совершил много зла, то не потеряет сознания до последней минуты.

Толпа вопила и все яростнее бросала камни. Осужденный изо всех сил пытался защищаться. Но внезапно он раскрыл руки и заговорил на понятном всем языке. Пораженные этим, люди застыли.

— Долгой жизни Ассирии! — крикнул он. — В этот миг предо мной предстает образ моего народа, и я умираю счастливый. Ибо умираю, как предводитель, который пытался спасти жизнь своих воинов. Я уйду к богам с радостью, ибо знаю, что мы завоюем эту землю!

— Ты видел? — сказал жрец. — Он слышал и понял весь наш разговор во время суда.

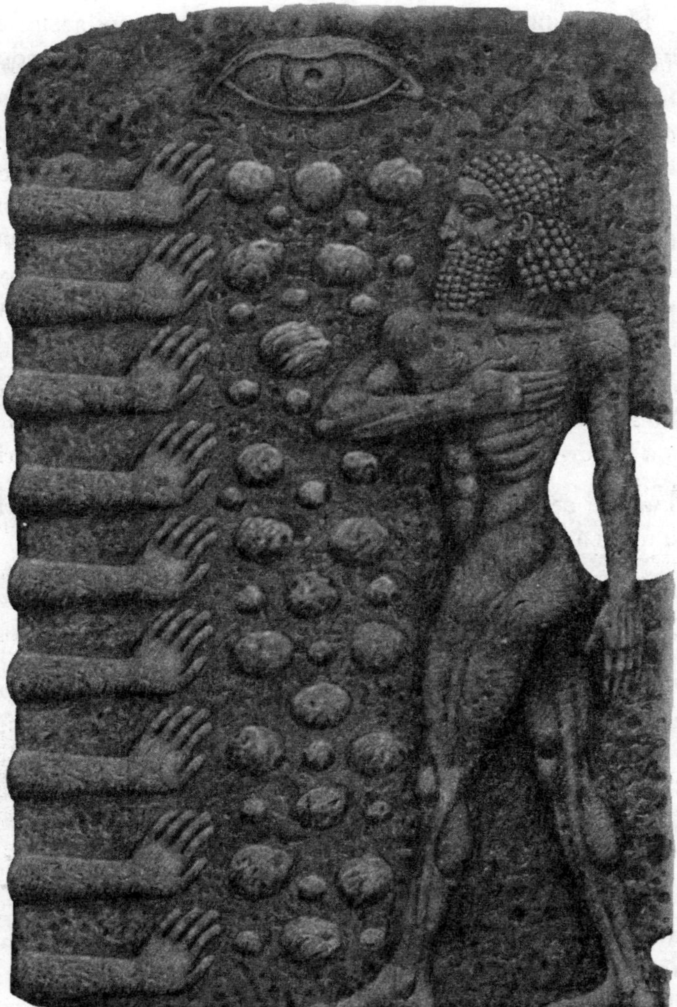

Наместник кивнул. Ассириец говорил на их языке и знал теперь, что в совете старейшин Акбара царит раздор.

— Я не в аду, ибо образ моей родины придает мне силы и достоинства. Образ моей родины наполняет меня радостью! Слава Ассирии! — снова закричал он.

Очнувшись от ошеломления, толпа снова принялась бросать камни. Человек стоял, раскрыв руки, не пытаясь защищаться. Это был храбрый воин. Несколько мгновений спустя проявилась милость богов: один из камней угодил ему в лоб, и он упал без сознания.

— Теперь мы можем уйти, — сказал жрец. — Народ Акбара сам позаботится о том, чтобы завершить дело.

◆

Илия не вернулся в дом вдовы. Он отправился бродить по пустынной местности, сам не зная, куда идет.

«Господь ничего не сделал, — говорил он растениям и камням. — А ведь мог все изменить».

Он раскаивался в своем решении и винил себя в смерти еще одного человека. Если бы он согласился тайно созвать совет старейшин Акбара, наместник мог взять его с собой. Тогда они были бы вдвоем против жреца и военачальника. Вероятность их победы была бы невелика, но все же больше, чем во время публичного суда.

Хуже того, на него произвело большое впечатление умение жреца обращаться к толпе. Не соглашаясь ни с одним из высказываний жреца, он должен был признать, что этот человек прекрасно управляет людьми. Илия решил запомнить увиденное в мельчайших подробностях, ведь когда-нибудь ему придется встретиться в Израиле с царем Ахавом и царевной Тирской.

Он шел куда глаза глядят и смотрел на горы, город и на ассирийский лагерь вдали. Он был лишь песчинкой в этой долине, вокруг него простирался огромный мир, такой необъятный, что, даже проведя в странствиях целую жизнь, он все равно не смог бы прийти туда, откуда начал путь. Его друзья и враги, возможно, лучше понимали, в каком мире они живут. Они могли отправиться в дальние страны, плавать по неизведанным морям, любить женщин, не мучаясь своей греховностью. Ни один из них больше не слышал ангелов из детства и не думал бороться во имя Господа. Они жили в согласии с настоящим и были счастливы.

Он такой же, как все люди; и вот теперь, бредя по долине, он страстно желал никогда больше не слышать голосов Бога и Его ангелов.

Но жизнь соткана не из желаний, а из поступков каждого человека. Илия вспомнил, что много раз уже пытался отказаться от своего предназначения, но сейчас он стоит здесь, посреди долины, ибо так велел ему Господь.

«О Господи, я мог бы быть всего лишь плотником и все равно был бы полезен Тебе!»

Но он исполняет то, что ему велено, и несет на себе груз предстоящей войны, истребление пророков царем и Иезавелью, избиение камнями ассирийского предводителя и страх любви к женщине из Акбара. Господь приготовил ему подарок, а он не знает, что делать с ним.

Посреди долины вдруг возник луч света. Это был не ангел-хранитель, которого он всегда слушал, но редко видел. Это был ангел Господень, который пришел утешить его.

— Я больше ничего не могу сделать, — сказал Илия. — Когда же я вернусь в Израиль?

— Когда научишься строить заново, — ответил ангел. — Но помни о том, что заповедал Бог Моисею перед сражением. Используй каждое мгновение, чтобы потом не раскаиваться и не жалеть о том, что упустил свою молодость. Господь посылает человеку испытания в любом возрасте.

И сказал Господь Моисею: «Не бойтесь, да не ослабеет сердце ваше перед сражением, не ужасайтесь перед врагами вашими. И кто насадил виноградник и не пользовался им, тот пусть идет и возвратится в дом свой, дабы не умер на сражении и другой не воспользовался им. И кто обручился с женою и не взял ее, тот пусть идет и возвратится в дом свой, дабы не умер на сражении и другой не взял ее».

*И*лия брел еще какое-то время, пытаясь понять эти слова. Когда он уже подумывал вернуться в Акбар, то увидел женщину, которую любил. Она сидела на камне у подножия Пятой Горы, в некотором удалении от того места, где сейчас был Илия.

«Что она там делает? Неужели она знает о суде, о смертном приговоре и о той опасности, которая нас ожидает?»

Он должен был немедленно предупредить ее и решил подойти к ней.

Она заметила его и кивнула. Казалось, Илия забыл слова ангела, к нему мгновенно вернулась прежняя неуверенность. Он попытался сделать вид, что беспокоится о бедах города, чтобы она не заметила, в каком смятении его сердце и разум.

— Что ты здесь делаешь? — спросил он, подойдя к ней ближе.

— Я пришла сюда, чтобы найти немножко вдохновения. Письмена, которые я сейчас изучаю, заставили меня задуматься о Творце долин, гор, города Акбар. Торговцы дали мне краски всех цветов, — они хотят, чтобы я писала для них. Я подумала, что можно использовать эти краски для того, чтобы описать мир, в котором я живу. Но я знаю, как это нелегко. Даже если у меня будут все цвета радуги, только Господь сможет так чудесно перемешать их.

Она неотрывно смотрела на Пятую Гору. Она теперь совсем не походила на ту женщину, которая собирала дрова у городских ворот, где он встретил ее несколько месяцев назад. Ее одиночество здесь, посреди пустыни, вызывало в нем чувство доверия и уважения.

— Почему у всех гор есть название, а у Пятой Горы только число? — спросил Илия.

— Чтобы не порождать ссор между богами, — ответила она. — Обычай гласит, что, если человек назовет эту гору именем одного бога, другие рассердятся и разрушат землю. Поэтому гора и называется Пятой, ведь она пятая, если считать по порядку горы, что виднеются за стенами города. Так мы никого не обижаем, и жизнь продолжает идти своим чередом.

Какое-то время они молчали. Наконец она нарушила молчание:

— Я думаю не только о разных цветах, но и об опасности письма Библос. Оно может разгневать и финикийских богов, и нашего Господа.

— Есть только один Бог, — прервал ее Илия. — А своя письменность есть у всех цивилизованных народов.

— Это разные вещи. В детстве я часто бегала на площадь, чтобы посмотреть, как художник делает надписи для торговцев. В своем письме он использовал египетские иероглифы, и это требовало знаний и умения. Древний и могущественный Египет ныне переживает упадок, его язык забыт. Мореплаватели из Тира и Сидона распространяют письменность Библос по всему миру. На глиняных табличках можно изобразить слова и священные обряды и передавать их от народа к народу. Что же станет с миром, если люди легко овладеют священными обрядами и проникнут в тайны мироздания?

Илия понимал, о чем она говорит. В основе письма Библос лежала очень простая система: достаточно преобразовать египетские символы в звуки, а затем обозначить каждый звук буквой. Расположив эти буквы по порядку, можно создавать всевозможные сочетания звуков и описывать все, что существует во Вселенной.

Некоторые из этих звуков были очень трудны для произношения. Эти затруднения были разрешены греками. Они добавили к двадцати пяти буквам Библоса еще пять букв, которые получили название «гласных». То, что получилось, они наименовали *алфавитом*. Этим словом стали обозначать новый вид письма.

Алфавит заметно облегчил торговые связи между странами. Чтобы передать мысль с помощью египетских символов, требовалось немало пространства, умения, а также глубоких познаний. Эта письменность насаждалась в завоеванных странах, но с упадком Египетского царства она утратила свое значение. Тогда как письменность Библос получала широкое распространение в мире и принималась народами независимо от влияния Финикии.

Способ письма Библос, дополненный греками, пришелся по нраву купцам многих стран. Как и в древние времена, именно от купцов зависело, что останется в истории, а что исчезнет со смертью того или иного царя. Все указывало на то, что это изобретение переживет финикийских мореплавателей, царей и их обольстительных цариц, виноделов и мастеров стекольных дел и станет главным средством общения в торговом деле.

— Значит, Бог не будет жить в словах? — спросила она.

— Нет, он останется в них, — ответил Илия. — Но каждый человек будет отвечать перед Ним за все, что напишет.

Она вынула из рукава платья глиняную табличку, на которой было что-то написано.

— Что это значит? — спросил Илия.

— Это слово означает — *любовь*.

Илия взял в руки табличку, не решаясь спросить, зачем она ему вручила ее. Несколько закорючек на куске глины отвечали на вопрос, зачем звезды светят в небе и зачем люди ходят по земле.

Он хотел было вернуть ей табличку, но она не взяла ее.

— Я написала это для тебя. Я знаю, в чем твое предназначение. Знаю, что однажды тебе придется уйти, и ты станешь врагом моей страны, ведь ты хочешь уничтожить Иезавель. Сегодня я могу быть рядом с тобой и служить тебе опорой, чтобы ты смог исполнить свое предназначение. А завтра я, возможно, буду сражаться против тебя, ведь кровь Иезавели — это и кровь моей родины. Слово, которое ты сейчас держишь в руках, исполнено тайны. Никто не знает, что оно пробуждает в сердце женщины, никто, даже пророки, которые разговаривают с Богом.

— Мне знакомо слово, которое ты написала, — сказал Илия, опустив табличку. — Я борюсь с ним день и ночь, ибо, хотя я не знаю, что оно пробуждает в сердце женщины, мне известно, что оно может сделать с мужчиной. Я чувствую в себе мужество, чтобы бороться с царем Израиля, царевной Сидонской, советом Акбара, но одно это слово «любовь» вызывает во мне трепет. Прежде чем ты написала это слово на табличке, твои глаза уже сказали это моему сердцу.

Они погрузились в молчание. Смерть ассирийца, волнения в городе, ожидание повеления Бога. Но слово, написанное ею, было важнее всего.

Илия взял ее за руку. Так, взявшись за руки, они сидели вместе до тех пор, пока солнце не спряталось за Пятой Горой.

— Спасибо тебе, — сказала она на обратном пути. — Мне давно хотелось провести вечер с тобой.

Когда они пришли в дом, Илию поджидал посланник наместника. Он велел Илие немедленно идти во дворец.

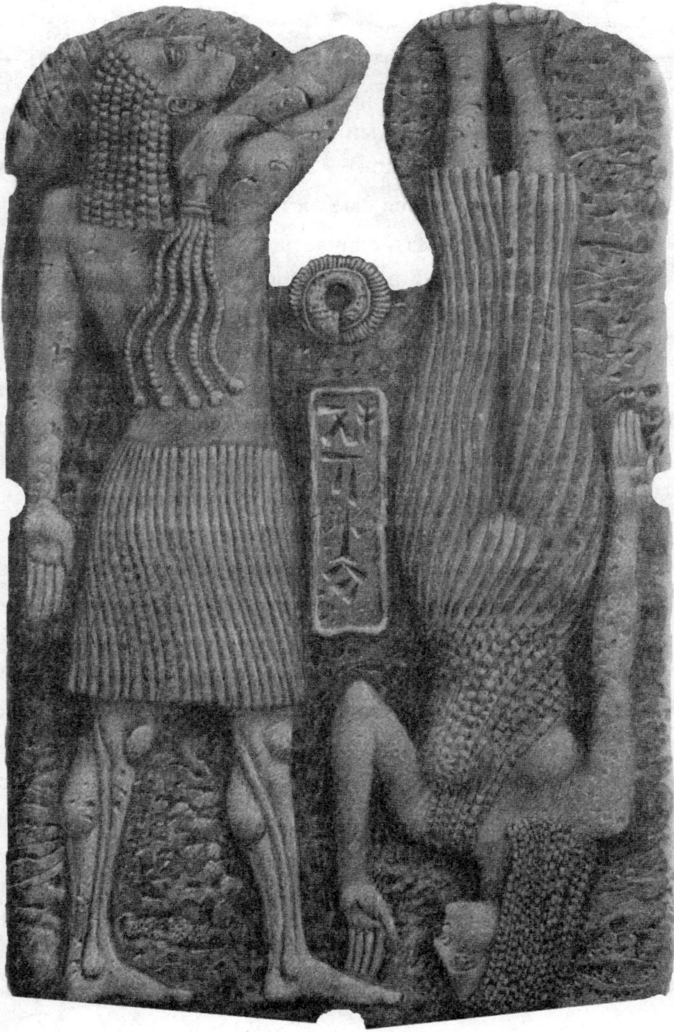

◆

— Трусостью ты отплатил мне за мою поддержку, — сказал наместник. — Как я должен поступить с тобой?

— Я не проживу ни минуты больше, чем того хочет Господь, — ответил Илия. — Но это решать только Ему.

Наместник поразился смелости Илии.

— Я могу приказать сейчас же отрубить тебе голову. Или протащить по улицам, говоря, что ты навлек проклятье на наш народ, — сказал он. — И ничего не сможет сделать твой Единый Бог.

— Чему быть, того не миновать. Но я хочу, чтобы ты знал, что я не прятался. Стража военачальника преградила мне путь. Военачальник хочет войны и сделает все, чтобы она началась.

Наместник решил не терять больше времени на бесполезный разговор. Он хотел объяснить свой план израильскому пророку.

— К войне стремится вовсе не военачальник. Как человек опытный в военном деле, он понимает, что его войско уступает вражескому числом и опытом и будет им наголову разбито. Как человек чести, он знает, что рискует опозорить этим поступком своих потомков. Но гордость и тщеславие ожесточили его сердце. Он думает, что враг объят страхом. Он не знает, что ассирийские воины хорошо обучены. Как только они поступают на военную службу, они первым делом сажают дерево. Каждый день они прыгают над тем местом, где посажено семя. Семя превращается в росток, и они прыгают над ним. Росток превращается в деревцо, а они продолжают свои прыжки. Им это нисколько не надоедает, они не считают, что это пустая трата времени. Постепенно дерево растет, и воины прыгают все выше. Они серьезно и терпеливо готовятся к препятствиям.

Обычно они хорошо знают соперника. За нами они наблюдают уже несколько месяцев.

Илия прервал наместника.

— Кому же выгодна война?

— Жрецу. Я понял это во время суда над ассирийским пленником.

— Зачем ему это нужно?

— Не знаю. Но он довольно ловко сумел убедить в этом военачальника и народ. Теперь на его стороне весь город, и я вижу только один выход из этого сложного положения.

Он выдержал долгую паузу и пристально посмотрел в глаза израильтянину:

— Ты.

Наместник принялся расхаживать взад-вперед. Он заговорил быстро, и в его голосе слышалось волнение.

— Купцы тоже стремятся к миру, но они ничего не могут сделать. И потом, они уже достаточно обогатились и могут переселиться в другой город или подождать, пока завоеватели начнут покупать их товары. Остальной народ потерял разум и требует, чтобы мы шли в наступление на гораздо более многочисленное войско врага. Только чудо может переубедить их.

Илия насторожился.

— Чудо?

— Ты воскресил мальчика, которого уже успела забрать смерть. Ты помог этому народу обрести свой путь, и, хотя ты — чужеземец, тебя любят все.

— Так было до сегодняшнего утра, — сказал Илия. — Но теперь все изменилось. Любого человека, который призывает к миру, назовут предателем.

— Я не хочу, чтобы ты призывал к миру. Я хочу, чтобы ты совершил великое чудо, такое, как воскрешение ребенка. Тогда ты скажешь людям, что мир — это все, что им остается, и они тебя послушают. А жрец полностью лишится своей власти.

Они помолчали. Наместник продолжил:

— Я хочу договориться с тобой. Если ты сделаешь то, о чем я тебя прошу, в Акбаре воцарится вера в Единого Бога. Ты совершишь дело, угодное Тому, кому служишь, а я смогу договориться об условиях мира.

◆

Придя в дом, Илия поднялся в свою комнату. Сейчас он может сделать то, что было недоступно ни одному пророку — обратить финикийский город в израильскую веру. Это был бы самый жестокий удар для Иезавели — расплата за все зло, которое она причинила его стране.

Предложение наместника взволновало его. Он решил было разбудить спавшую внизу вдову, но передумал. Ей, скорее всего, снился сейчас прекрасный вечер, который они провели вдвоем.

Он призвал своего ангела, и тот явился.

— Ты слышал предложение наместника, — сказал Илия. — Это единственная возможность.

— Нет ничего, что было бы единственной возможностью, — ответил ангел. — Господь дает людям много возможностей. Кроме того, вспомни, что было сказано: тебе нельзя творить новых чудес до тех пор, пока ты не вернешься в лоно родной земли.

Илия опустил голову. В этот миг возник ангел Господень, и ангел-хранитель умолк. И сказал ангел Господень:

«*Вот твое следующее чудо:*

Ты соберешь весь народ у горы. С одной стороны горы вели возвести жертвенник Ваалу и дать одного тельца. С другой стороны ты возведешь жертвенник во имя Господа Бога Твоего и на него также возложишь тельца.

И скажешь пророкам Вааловым: призовите имя бога вашего, а я призову имя Господа, Бога моего. Дай им призвать своего бога прежде, пусть они молятся и призывают имя Ваала от утра до полудня, чтобы тот спустился и принял дары.

Они станут кричать громким голосом, и колоть себя копьями, и просить, чтобы бог принял тельца, но ничего не случится.

Когда они утомятся, ты наполнишь четыре ведра воды и выльешь на тельца. Потом повторишь это, и сделаешь то же в третий раз. И скажешь Богу Авра-

амову, Исаакову и Израилеву, чтобы он явил всем Свою силу.

В этот миг ниспадет огонь Господень и пожрет всесожжение».

Илия упал на колени и воздал хвалу Господу.

— Но это чудо, — продолжал ангел, — можно совершить только один раз в жизни. Выбирай, хочешь ли ты совершить его здесь, чтобы предотвратить сражение, или же на своей земле, чтобы избавить свой народ от Иезавели.

И ангел Господень исчез.

◆

Вдова проснулась рано и увидела, что Илия сидит на пороге дома. Глаза его ввалились, будто он совсем не спал.

Ей хотелось спросить его, что случилось прошлой ночью, но она боялась услышать ответ. Может быть, разговор с наместником и угроза войны стали причиной бессонной ночи, но могла быть и другая причина — глиняная табличка, которую она подарила ему. И тогда она могла бы услышать в ответ, что любовь к женщине не согласуется с замыслом Божьим.

— Пойди поешь что-нибудь, — единственное, что она смогла сказать.

Ее сын тоже проснулся. Они втроем сели за стол и поели.

— Я хотел остаться с тобой вчера, — сказал Илия. — Но наместник хотел говорить со мной.

— Не беспокойся за него, — сказала она, чувствуя, что на сердце становится спокойнее. — Его род правит Акбаром уже много веков, он должен знать, что делать перед лицом опасности.

— Еще я говорил с ангелом. И он потребовал от меня очень трудного решения.

— Не стоит волноваться и из-за ангелов. Может быть, лучше поверить в то, что время от времени одни боги сменяют других. Мои предки поклонялись египетским богам, которые имели обличье животных. Эти боги ушли, и до тех пор, пока не появился ты, я, как и другие, приносила жертвы Иштар, Илу, Ваалу и всем обитателям Пятой Горы. Теперь я познала Господа, но когда-нибудь и Он может покинуть нас, а новые боги будут не так строги.

Мальчик захотел пить, но воды в доме не было.

— Я схожу за водой, — сказал Илия.

— Я хочу пойти с тобой, — попросил мальчик.

Они пошли к колодцу. По дороге они проходили мимо того места, где военачальник с самого утра проводил учения своих воинов.

— Давай поглядим немножко, — сказал ребенок. — Когда я вырасту, я стану воином.

Илия сделал, как он просил.

— Кто из нас лучше всех владеет мечом? — спрашивал один воин.

— Сходи туда, где вчера закидали камнями лазутчика, — сказал военачальник. — Найди камень побольше и оскорби его.

— Зачем мне это делать? Ведь камень не может ответить.

— Тогда ударь его своим мечом.

— Но меч сломается, — сказал воин. — Я ведь спрашивал не об этом. Я хочу знать, кто лучше всех владеет мечом.

— Лучше всех тот, кто подобен камню, — отвечал военачальник. — Он может, не обнажая клинка, доказать, что никто его не одолеет.

«Наместник прав: военачальник умен, — подумал Илия. — Но блеск тщеславия способен затмить сияние мудрости».

◆

Они снова двинулись в путь. Мальчик спросил, зачем воины столь усердно обучаются.

— Не только воины, но и твоя мать, и я, и все, кто слушается своего сердца. Всему в жизни необходимо упорно учиться.

— Даже для того, чтобы быть пророком?

— Даже для того, чтобы понимать ангелов. Мы так хотим разговаривать с ними, что не слышим их слов. Слушать не так просто. В наших молитвах мы всегда стремимся покаяться в своих ошибках, о чем-то попросить... Но Господь обо всем знает и иногда приглашает нас просто послушать, что говорит Вселенная. И быть терпеливыми.

Мальчик смотрел на него с изумлением. Должно быть, он ничего не понимал, и все же Илия чувствовал, что нужно продолжать разговор. Может статься, когда он вырастет, одно из этих слов поможет ему в трудную минуту.

— Все сражения нужны в жизни для того, чтобы чему-то нас научить. Даже те, которые мы проигрываем. Когда ты вырастешь, то поймешь, что защищал ложные идеи, обманывал себя или страдал из-за пустяков. Если ты станешь хорошим воином, ты не будешь винить себя за эти ошибки, но и не допустишь, чтобы они повторились.

Он замолчал. Ребенок в этом возрасте не может понять таких слов. Они шли медленно. Илия смотрел на улицы города, когда-то приютившего его. Города, который скоро исчезнет с лица земли. Все зависит от решения, которое он примет.

В Акбаре было тише, чем обычно. На главной площади люди тихонько разговаривали, как будто боялись, что ветер унесет их слова в стан ассирийцев. Старики уверяли, что ничего не случится, молодые люди были взволнованы предстоящим сражением, торговцы и ремесленники рассуждали о том, что следовало бы уехать в Тир или Сидон, пока все не уляжется.

«Им легко уехать, — подумал Илия. — Купцы могут перевезти свое добро в любую часть света. Ремесленники могут работать даже там, где говорят на другом языке. А мне нужно согласие Господа».

♦

Они подошли к колодцу и наполнили водой два ведра. Обычно здесь всегда было полно народа. Женщины приходили стирать, красить ткани и обсуждать все, что происходит в городе. Все тайны города раскрывались у колодца. Здесь обсуждали, оценивали, осуждали или одобряли все дела, серьезные и не очень, — торговлю, семейные измены, ссоры между соседями, личную жизнь правителей. Даже в те месяцы, когда непрерывно множились силы врага, излюбленной темой для обсуждения оставалась Иезавель, царевна, завоевавшая сердце царя Израиля. Люди хвалили ее за мужество, смелость и были уверены, что, если что-то случится с городом, она обязательно вернется, чтобы отомстить.

Но в то утро у колодца почти никого не было. Несколько женщин говорили о том, что нужно идти в поле и собрать все зерно, потому что скоро ассирийцы закроют все пути, ведущие в город и из города. Две женщины собирались направиться к Пятой Горе и принести жертвы богам. Они не хотели, чтобы их сыновья погибли в сражении.

— Жрец сказал, что мы сможем выдержать осаду в течение нескольких месяцев, — сказала одна из них Илие. — Нужно только смело защищать честь Акбара, и боги нам помогут.

Мальчик испугался.

— На нас нападет враг? — спросил он.

Илия не ответил, ведь это зависело от того решения, которое он выберет.

— Мне страшно, — время от времени повторял мальчик.

— Это лишь доказывает, что ты любишь жизнь. Это естественно — иногда испытывать страх.

◆

Илия и мальчик вернулись домой еще до полудня. Вдова сидела, окруженная маленькими баночками с разноцветными красками.

— Мне нужно работать, — сказала она, глядя на буквы и неоконченные фразы. — Из-за засухи в городе полно пыли... Кисточки все время грязные, краска мешается с пылью, и работать становится все труднее.

Илия по-прежнему молчал, ему не хотелось делиться с ней своими тревогами. Он сел в углу комнаты и полностью погрузился в свои мысли. Мальчик ушел играть с друзьями.

«Ему нужна тишина», — сказала себе вдова и занялась своей работой.

Все утро ушло у нее на то, чтобы закончить несколько слов, хотя это можно было сделать гораздо быстрее. Она чувствовала себя виноватой в том, что не делает работу, которую ждут. В конце концов, впервые в жизни у нее появилась возможность обеспечить пропитание семье.

Она вернулась к своему труду. Она писала на папирусе, материале, который ей привез из Египта один торговец. Он попросил ее написать несколько посланий, которые нужно было отправить в Дамаск. Бумага была не лучшего качества, краска ложилась неровно. «Но это все же лучше, чем писать на глине».

В соседних странах было принято отправлять послания на глиняных табличках или на кусках пергамента. Хотя Египет переживал упадок, именно там люди придумали удобный и легкий способ вести записи торговых дел и исторических событий. Люди разрезали на куски стебель растения с берегов Нила и при помощи несложных действий склеивали между собой эти кусочки, в результате чего получались желтоватые полотнища. Купцам Акбара приходилось привозить папирус из Египта, потому что здесь в долине вырастить его было невозможно. Хотя он был недешев, купцы предпочитали именно его, поскольку, в отличие от глиняных табличек и кожи, лист папируса можно было легко спрятать в карман.

«Конечно, так проще и удобнее», — подумала она. Жаль, что писать на папирусе можно только с разрешения правителей. Согласно прежнему закону, письменные тексты до сих пор должны проходить проверку в совете Акбара.

Закончив работу, она показала ее Илие. Все это время он сидел молча, уставившись в одну точку.

— Тебе нравится? — спросила она.

Илия словно очнулся из забытья.

— Да, красиво, — ответил он, не вникая в смысл своих слов.

Наверное, он разговаривает с Господом. Ей не хотелось мешать ему. Она отправилась за жрецом.

Когда она вернулась, Илия сидел на том же месте. Жрец и Илия внимательно посмотрели друг на друга. Воцарилось молчание.

Первым заговорил жрец:

— Ты — пророк, говоришь с ангелами. Я же лишь толкую законы, исполняю обряды и стараюсь защитить свой народ от ошибок. Я знаю, что борьба идет не между людьми. Это — битва богов, и я не вправе мешать ей.

— Сильна твоя вера, хотя ты поклоняешься несуществующим богам, — ответил Илия. — Если это битва богов, то Господь изберет меня своим орудием для свержения Ваала и других обитателей Пятой Горы. Тебе нужно было убить меня раньше.

— Я думал об этом. Но в этом не было необходимости. В нужную минуту боги проявили ко мне благосклонность.

Илия не ответил. Жрец отвернулся и взял в руки папирус, на котором вдова только что написала свой текст.

— Хорошая работа, — сказал он. Внимательно прочитав написанное, он снял с пальца кольцо, окунул его в одну из маленьких баночек с краской и поставил в левом углу печать. Если на папирусе, который кто-то нес с собой, не находили печати жреца, то этого человека могли приговорить к смерти.

— Зачем ты это делаешь? — спросила она.

— Эти папирусы несут идеи, — ответил жрец. — А идеи обладают властью.

— Но это всего лишь записи торговых соглашений.

— Да, но это могли бы быть планы сражения. Или сведения о наших богатствах. Или наши тайные молитвы. Сегодня, при наличии алфавита и папируса стало легко похитить культурное наследие народа. Глиняные таблички или кожу спрятать трудно. Но соединение папируса с алфавитом может уничтожить культуру любой страны и разрушить мир.

Внезапно в дом вбежала женщина.

— Жрец! Жрец! Посмотри, что происходит!

Илия и вдова пошли вслед за ними. По улице двигалась толпа людей. Из-за поднятой ею пыли было нечем дышать. Впереди с шумом и криками бежали дети. За ними в безмолвии медленно шли взрослые.

Они подошли к южным воротам города, где собралась группа людей. Жрец протиснулся вперед и увидел человека, ставшего причиной этого беспорядка.

Часовой Акбара стоял на коленях с распростертыми руками. Кисти рук были прибиты гвоздями к деревянной доске за спиной. Одежда на нем была изорвана, левый глаз пронзило деревянное копье.

На груди у него кинжалом было вырезано несколько ассирийских букв. Жрец разбирался в египетском письме, но ассирийского языка он не знал. Пришлось обратиться за помощью к торговцу, стоявшему рядом.

— «Мы объявляем войну» — вот что написано, — перевел тот.

Никто из толпы не вымолвил ни слова. Илия видел, что на лицах людей застыл ужас.

— Дай мне твой меч, — сказал жрец одному из стоявших рядом воинов.

Воин повиновался... Жрец велел известить о случившемся наместника и военачальника. Затем он быстрым ударом всадил клинок в сердце часового.

Мужчина издал стон и упал на землю. Он умер и освободился от боли и позора.

— Завтра я принесу жертвы у Пятой Горы, — сказал испуганным людям жрец. — И боги снова вспомнят о нас.

Прежде чем уйти, он повернулся к Илие:

— Ты собственными глазами видишь — небеса по-прежнему помогают нам.

— Только один вопрос, — сказал Илия. — Почему ты хочешь принести в жертву народ своей страны?

— Потому что нужно уничтожить идею.

Илия слышал, как утром он разговаривал со вдовой, и уже знал, что эта идея — *алфавит*.

— Слишком поздно. Библос уже разносится по свету, а ассирийцы не могут завоевать весь мир.

— Кто тебе сказал, что не могут? В конце концов, рядом с их войском боги Пятой Горы.

◆

Илия долго брел по долине. Он знал, что впереди еще по крайней мере один мирный день и ночь. Ни одна война не ведется в темноте, ведь воины не смогут распознать, кто свой, а кто враг. Он знал, что этой ночью Господь дарует ему возможность изменить судьбу города, приютившего его.

— Соломон не раздумывал бы сейчас, что делать, — сказал он своему ангелу. — И Давид, и Моисей, и Исаак. Они были людьми твердой веры Божьей, а я всего лишь колеблющийся слуга. Господь предоставляет мне выбор, который лишь в Его власти.

— Похоже, в истории твоих предков очень уж много нужных людей в нужном месте, — ответил ангел. — Не верь этому. Господь требует от людей только то, что лежит в пределах возможностей каждого.

— Тогда Он ошибся во мне.

— Все скорби, что посещают человека, когда-нибудь проходят. Точно так же, как победы и трагедии целых стран.

— Об этом я не забуду, — сказал Илия. — Но трагедии оставляют после себя долгий след, а после побед остаются лишь бесполезные воспоминания.

Ангел не ответил.

— Почему, живя в Акбаре, я так и не смог найти единомышленников в стремлении к миру? Зачем нужен одинокий пророк?

— Зачем нужно солнце, что ходит на небе без спутника? Зачем нужна гора, что возвышается посреди долины? Зачем нужен колодец, что стоит вдали? Именно они указывают путь, по которому должен идти караван.

— Мое сердце ноет от тоски, — сказал Илия, опускаясь на колени и простирая руки к небу. — Хоть бы я умер здесь и мои руки никогда не обагрились кровью моего или чужого народа. Посмотри назад: что ты видишь?

— Ты же знаешь, я слеп, — сказал ангел. — Мои глаза еще хранят свет славы Божьей. Поэтому я ничего не вижу. Все, что я могу понять, — это то, что мне говорит твое сердце. Все, что я могу предугадать, — это опасность, которая тебе грозит. Но я не знаю, что находится у тебя за спиной...

— Тогда я скажу тебе: там Акбар. В это время дня, когда вечернее солнце освещает его очертания вдали, он прекрасен. Я привык к его улицам и стенам, к его щедрому и радушному народу. И пусть жизнь этих людей до сих пор тесно связана с торговлей и суевериями, сердце у них такое чистое, как ни у одного народа мира. Я научился у них многому, чего не знал прежде. Взамен я выслушивал жалобы горожан и, вдохновляемый Богом, решал их споры. Не раз меня подстерегала опасность, и всегда кто-нибудь приходил мне на помощь. Почему я должен выбирать между спасением этого города и освобождением своего народа?

— Потому что человек должен делать выбор, — ответил ангел. — В этом и состоит его сила — в могуществе его решений.

— Это трудный выбор. Он требует принять смерть одного народа, чтобы спасти другой.

— Еще труднее определить свой путь. Тот, кто не делает выбора, умирает в глазах Бога, хотя по-прежнему живет и ходит по улицам.

— И потом, — продолжил ангел, — никто не умирает. Вечность раскрывает объятья всем душам, и каждая душа продолжает свой путь. Все, что живет под солнцем, для чего-то нужно.

Илия снова воздел руки к небесам и закричал:

— Мой народ отступился от Бога из-за женских чар. Финикия может погибнуть только из-за того, что письменность вызовет гнев богов, как считает жрец. Почему Создатель выбирает трагедию для Своей книги жизни?!

Крик Илии эхом отозвался в долине.

— Ты не знаешь, что говоришь, — ответил ангел. — Нет трагедии, есть только неизбежное. Все в жизни имеет свой смысл, тебе нужно лишь научиться различать, что преходяще, а что вечно.

— Что преходяще? — спросил Илия.

— Неизбежное.

— А что вечно?

— Уроки неизбежного.

Сказав это, ангел исчез.

В тот вечер, за трапезой Илия сказал вдове и мальчику:

— Собирайте вещи, мы должны быть готовы в любую минуту уйти из города.

— Ты не спал уже два дня, — сказала вдова. — Сегодня днем сюда приходил посланник наместника и велел тебе отправиться во дворец. Я сказала, что ты ушел в долину и останешься там ночевать.

— Ты правильно сделала, — ответил он. Поднявшись в свою комнату, он лег и тут же провалился в глубокий сон.

Утром его разбудил бой барабанов. Когда он спустился, чтобы узнать, что происходит, мальчик стоял в дверях дома.

— Смотри! — восклицал он с сияющими от возбуждения глазами. — Это война!

В сторону южных ворот, звеня военными доспехами, под барабанную дробь двигался отряд воинов.

— Вчера тебе было страшно, — сказал Илия ребенку.

— Я не знал, что у нас так много воинов. Наши воины — самые лучшие!

Илия вышел на улицу. Ему нужно было во что бы то ни стало найти наместника. Остальные жители города тоже проснулись от звука военных гимнов и пребывали в оцепенении. Впервые в жизни они видели, как идет строем целое войско. Первые лучи солнца отражались на копьях и щитах воинов. Военачальнику удалось подготовить войско втайне от города. Теперь он мог убедить всех, что его войско одержит победу над ассирийцами. Этого и боялся Илия.

Илия протиснулся между рядами воинов и подошел к передней части колонны. Наместник и военачальник, верхом на лошадях, возглавляли шествие.

— У нас был уговор, — сказал Илия, подойдя ближе к наместнику. — Я могу совершить чудо!

Наместник не ответил ему. Войско прошло через ворота и вышло в долину.

— Ты знаешь, что это войско — просто самообман! — упорствовал Илия. — Ассирийцев в пять раз больше, и у них есть опыт сражений. Не дай же разрушить Акбар!

— Что тебе от меня нужно? — спросил наместник, не останавливая своего коня. — Вчера вечером я послал гонца, чтобы поговорить с тобой, и мне передали, что тебя нет в городе. Что еще я мог сделать?

— Сражаться с ассирийцами в открытом поле — самоубийство! Вы же знаете об этом!

Военачальник молча слушал этот разговор. Он обо всем договорился с наместником. Будет чем удивить израильского пророка.

Илия бежал рядом с всадниками, не совсем понимая, что ему делать. Колонна воинов оставила город и направилась вглубь долины.

— Господи, помоги мне, — думал он. — Останови время, как Ты остановил солнце, чтобы помочь Исайе в битве. Помоги мне объяснить наместнику его ошибку.

Едва лишь он подумал это, как военачальник крикнул:

— Становись!

— Может быть, это знак, — сказал себе Илия. — Нужно им воспользоваться.

Воины выстроились в две боевые шеренги, словно две стены. Они прислонили к земле щиты и выставили вперед оружие.

— Можешь убедиться — перед тобой воины Акбара, — сказал наместник Илие.

— Я вижу перед собой юношей, которые смеются в глаза смерти, — ответил тот.

— Так знай, что здесь только один отряд. Основная часть наших воинов сейчас в городе, они засели на крепостных стенах. Мы приготовили большие котлы с кипящим маслом, чтобы вылить их на голову каждого, кто попытается забраться на стены. Мы раздали людям все запасы пищи, чтобы их не уничтожили горящие стрелы. По расчетам военачальника, мы можем обороняться в городе почти два месяца. Пока ассирийцы готовились к войне, мы делали то же самое.

— Ты никогда не говорил мне об этом, — сказал Илия.

— Запомни, хотя ты и помог народу Акбара, ты для него по-прежнему чужеземец, а наши воины могут даже принять тебя за лазутчика.

— Но ты же хотел мира!

— Мир по-прежнему возможен, даже когда мы начнем сражение. Только договариваться мы будем на равных.

Наместник рассказал, что в Тир и Сидон были отправлены гонцы, чтобы предупредить об опасности. Ему было нелегко просить о помощи, ведь в Тире и Сидоне могут решить, что он неспособен справиться сам. Но он пришел к выводу, что это единственный выход...

Военачальник разработал хитрый план. Как только начнется сражение, он вернется в город, чтобы организовать сопротивление. Войско, которое сейчас находится в поле, должно уничтожить как можно больше врагов, а затем уйти в горы. Они знают эту долину лучше, чем кто-либо другой, и могут небольшими группами нападать на ассирийцев, ослабляя их осадные действия.

Вскоре придет подкрепление, и ассирийское войско будет наголову разбито.

— Мы можем обороняться два месяца, только этого не понадобится, — сказал наместник Илие.

— Но многие воины погибнут.

— Мы все стоим на пороге смерти, и никому не страшно, даже мне.

Наместник сам не верил собственной храбрости. Он никогда не участвовал в сражениях и решил бежать из города. В то утро вместе с самыми верными приближенными он разработал план побега. В Тир или Сидон он уйти не сможет, его сочтут предателем. Зато Иезавель его примет, ведь ей нужны верные подданные.

Но, ступив на поле боя, он увидел такую радость в глазах воинов, будто всю жизнь их готовили для великой цели и наконец этот миг наступил.

— Страх живет в нас до тех пор, пока не случится неизбежное, — сказал он Илие. — После этого мы не должны тратить на него наши силы.

Илия был смущен. Он чувствовал то же, хотя и стыдился в этом признаться. Он вспомнил радостное волнение мальчика, когда мимо их дома проходило войско.

— Уходи отсюда, — сказал наместник. — Ты чужеземец, безоружный, тебе не нужно сражаться за то, во что ты не веришь.

Илия не сдвинулся с места.

— Они придут, — сказал военачальник. — Я вижу, что ты удивлен, но мы хорошо подготовились.

Илия оставался на месте.

Они посмотрели в сторону горизонта: пыли не было, ассирийское войско не двигалось с места.

Воины в переднем ряду крепко сжимали копья, выставив их прямо перед собой. Лучники натянули тетиву, чтобы по первому приказу военачальника пустить стрелы. Юноши рассекали воздух мечами.

— Все готово, — повторил военачальник. — Сейчас они перейдут в наступление.

Илия почувствовал в его голосе воодушевление. Похоже, военачальник с нетерпением ждет начала сражения, ему хочется проявить отвагу в бою. Должно быть, воображение уже рисует ему картину боя: сражающихся ассирийцев, удары мечей, крики, хаос. Он видит, как останется в преданиях финикийских жрецов образцом решимости и отваги.

Наместник прервал его размышления:

— Они не двигаются с места.

Илия вспомнил, о чем он просил Бога: чтобы солнце остановилось на небе, как когда-то Бог сделал для Исайи. Он попробовал поговорить с ангелом, но не услышал его голоса.

Время шло. Воины опустили копья, ослабили тетиву, убрали мечи в ножны. Полуденное солнце жгло так, что некоторые из них уже упали без чувств. Но войско оставалось готовым к бою до конца дня.

Когда солнце скрылось, воины вернулись в Акбар. Казалось, они были разочарованы, что прожили еще один день.

Один Илия остался посреди долины. Он долго брел куда глаза глядят и вдруг увидел свет. Перед ним возник ангел Господень.

— Бог услышал твои молитвы, — сказал ангел. — И узрел страдание в твоей душе.

Илия воздел руки к небесам и возблагодарил Бога.

— Господь — источник силы и славы. Он остановил ассирийское войско.

— Нет, — ответил ангел. — Ты сказал, что Бог должен сделать выбор, и Он сделал его за тебя.

*П*ора уходить, — сказала вдова сыну.

— Я не хочу уходить, — ответил мальчик. — Я горжусь воинами Акбара.

Мать велела ему собрать пожитки.

— Возьми только то, что сможешь унести, — сказала она.

— Ты забыла, что мы бедны, и у меня почти ничего нет.

Илия поднялся наверх, окинул взглядом свое жилище, словно видел все в первый и последний раз. Затем он спустился и стал смотреть на вдову, собиравшую краски.

— Спасибо тебе за то, что ты берешь меня с собой, — сказала она. — Когда я вышла замуж, мне было всего пятнадцать и я совсем не знала жизни. Наши семьи обо всем договорились. Меня с самого детства готовили к этому замужеству и приучили помогать мужу, что бы ни происходило.

— Ты любила его?

— Я привыкла. У меня не было выбора, и я убедила себя, что так будет лучше. Потеряв мужа, я смирилась с тем, что жизнь стала беспросветной. Я просила богов Пятой Горы (в то время я еще верила в них) забрать меня к себе, когда мой сын подрастет и сможет жить один.

И тогда появился ты. Я уже говорила тебе и хочу повторить это сейчас. С того самого дня я стала замечать красоту долины, очертания темных гор, устремленных в небо, луну, постоянно изменяющуюся, чтобы росла пшеница. Ночью, пока ты спал, я часто гуляла по Акбару, слушала плач новорожденных, песни гуляк, твердый шаг часовых, охранявших крепостные стены. Сколько раз я это видела и не замечала, как это прекрасно! Сколько раз я смотрела на небо и не видела, как оно бездонно! Сколько раз я слушала шум улиц Акбара и не понимала, что он — часть моей жизни!

У меня снова возникло огромное желание жить. Ты велел мне изучать буквы Библоса, и я это сделала. Я думала лишь о том, чтобы угодить тебе, но я попыталась глубже разобраться в том, что я делаю, и поняла, что *моя жизнь всегда была такой, какой я сама хотела ее видеть.*

Илия дотронулся до ее волос и нежно их погладил. Он делал это впервые.

— Почему раньше было не так? — спросила она.

— Потому что ты боялась. Сегодня, в ожидании битвы, я слушал слова наместника и думал о тебе. Страх кончается там, где начинается неизбежное. С этого момента страх лишается смысла, и все, что нам остается, — это надежда на то, что мы примем верное решение.

— Я готова, — сказала она.

— Мы вернемся в Израиль. Господь сказал мне, что я должен делать. Так я и поступлю, и Иезавель лишится власти.

Она не ответила. Как и все женщины в Финикии, она гордилась своей царевной. Когда они придут на его родину, она постарается сделать все, чтобы он изменил свое решение.

— Нам предстоит долгий и нелегкий путь, пока я не исполню Его волю, — сказал Илия, словно угадав ее мысли. — Но твоя любовь будет мне опорой, и, устав от сражений во имя Бога, я смогу отдохнуть рядом с тобой.

Появился мальчик с маленькой котомкой за плечами. Илия взял котомку и сказал вдове:

— Пора идти. Когда ты будешь проходить по улицам Акбара, запоминай каждый дом, каждый шорох. Ведь ты никогда больше не увидишь этот город.

— Я родилась в Акбаре, — сказала она. — Город навсегда останется в моем сердце.

Услышав слова матери, мальчик пообещал себе, что никогда не забудет их. Если когда-нибудь он вернется и снова увидит город, то вспомнит ее лицо.

◆

Было уже темно, когда жрец пришел к подножию Пятой Горы. В правой руке у него был жезл, в левой он нес котомку.

Он вынул из котомки пузырек с елеем и помазал себе лоб и запястья. Затем нарисовал жезлом на песке быка и пантеру, символы Бога Грозы и Великой Богини. Он совершил ритуальные молитвы и в конце воздел руки к небесам, чтобы принять божественное откровение.

Боги больше не разговаривали с людьми. Они уже сказали все, что хотели, и теперь требовали лишь исполнения обрядов. Пророки исчезли во всем мире, кроме Израиля, отсталой, суеверной страны, где люди все еще верили, будто могут общаться с создателями Вселенной.

Он вспомнил, что двести лет назад Тир и Сидон вели торговлю с царем Иерусалима по имени Соломон, который хотел построить огромный храм и украсить его самыми ценными в мире породами дерева. Соломон велел купить в Финикии, которую израильтяне называли Ливан, кедрового дерева. Царь Тирский отправил ему то, что он просил, а взамен получил двадцать городов в Галилее. Однако они ему не понравились. Тогда Соломон помог Финикии построить первые корабли, и теперь у нее самый большой торговый флот в мире.

В то время Израиль еще был великой страной, хотя люди там поклонялись только одному богу и даже не знали его имени. Они называли его просто «Господь». Царевне Сидонской удалось вернуть Соломона к истинной вере, и он воздвиг жертвенник богам Пятой Горы. Израильтяне считали, что «Господь» наказал мудрейшего из их царей, наслав на них войны, из-за которых Соломон лишился престола.

Но его сын Ровоам продолжал укреплять веру, принятую отцом. Он повелел отлить двух золотых тельцов, и народ израильский стал им поклоняться. Как раз в то время и стали появляться пророки, которые начали нескончаемую войну против правителей.

Иезавель была права: существует лишь один способ сохранить истинную веру — расправиться с пророками. Воспитанная в духе терпимости и страха перед войной, она понимала, однако, что порой насилие — единственный выход. Боги, которым она служила, простят ей, что ее руки обагрены кровью.

— Скоро и мои руки обагрятся кровью, — сказал жрец безмолвной горе. — Подобно тому, как пророки — проклятие Израиля, письменность — проклятие Финикии. И то, и другое приносит непоправимый вред. Нужно остановить их, пока не поздно. Бог Удачи не может сейчас оставить Финикию.

Его беспокоило то, что случилось утром: войско врага так и не перешло в наступление. В прошлом Бог Удачи уже оставлял Финикию из-за того, что гневался на ее жителей. После этого в светильниках погас огонь, овцы и коровы бросили своих детенышей, пшеница и ячмень не вызрели. Бог Солнца послал своего проводника-Орла и Бога Грозы, чтобы отыскать Бога Удачи, но никому не удавалось найти его. Наконец Великая Богиня послала пчелу. Та нашла Бога Удачи, спящего в лесу, и укусила его. Он проснулся в ярости и стал крушить все вокруг. Пришлось его связать и выпустить из его души гнев. С тех пор все опять стало как прежде.

Если он снова решит покинуть Финикию, битва не состоится. Ассирийцы так и останутся навсегда в долине, а город будет жить по-прежнему.

— Смелость — это страх, выражающийся молитвой, — сказал жрец. — Поэтому я пришел сюда: я не имею права на нерешительность в сражении. Я должен показать воинам Акбара, ради чего нужно защищать город. Не ради колодца, рынка или дворца наместника. Мы будем сражаться с ассирийским войском, чтобы показать пример на будущее.

Победа ассирийцев навсегда покончит с угрозой алфавита. Завоеватели станут насаждать свой язык и обычаи, но жители и впредь будут поклоняться тем же богам Пятой Горы. Вот что действительно важно.

В будущем наши мореплаватели поведают о подвигах финикийских воинов в других странах. Жрецы вспомнят имена героев и тот день, когда Акбар пытался оказать сопротивление ассирийскому войску. Живописцы выведут на папирусе египетские буквы, писцы Библоса же умрут. Священные тексты останутся во власти лишь тех, кто рожден изучать их. Следующие поколения попытаются восстановить то, что сделали мы, и построят лучший мир.

— Но сейчас, — продолжал он, — мы должны проиграть эту битву. Мы будем храбро сражаться, но наше войско уступает вражескому, и мы погибнем как герои.

В эту минуту жрец услышал дыхание ночи и понял, что прав. Тишина предупреждала о наступлении важного сражения, но жители Акбара этого не почувствовали. Они отложили оружие и веселились, когда нужно было стоять на страже. Они не обращали внимания на животных — а те притихли перед приближением опасности.

— Да исполнится замысел богов! Да не обрушатся небеса, ведь мы все сделали правильно и подчинились обычаю, — закончил он.

*И*лия, вдова и мальчик отправились на запад, в сторону Израиля. Им не пришлось проходить мимо ассирийского стана, который располагался южнее. Полная луна освещала их путь, но при этом странные и зловещие тени протянулись от камней и скал в долине.

Во тьме явился ангел Господень. В правой руке он держал огненный меч.

— Куда ты идешь? — спросил он.

— В Израиль, — ответил Илия.

— Господь призвал тебя?

— Я знаю, какого чуда ждет от меня Господь. Теперь я понимаю, где должен его совершить.

— Господь призвал тебя? — повторил ангел.

Илия не ответил.

— Господь призвал тебя? — в третий раз воззвал ангел.

— Нет.

— Тогда возвращайся туда, откуда пришел, ибо ты еще не исполнил свое предназначение. Господь еще не призвал тебя.

— Позволь хотя бы вдове и ее сыну уйти, ведь им здесь делать нечего, — взмолился Илия.

Но ангела уже как не бывало. Илия опустил свою котомку на землю, сел посреди дороги и горько заплакал.

— Что случилось? — спросили вдова и мальчик, которые ничего не видели.

— Мы возвращаемся назад, — сказал он. — Так хочет Господь.

◆

Илия не сразу заснул. Проснувшись среди ночи, он ощутил беспокойство, разлитое в воздухе. По улицам носился злой ветер, сея страх и неверие.

«В любви к женщине я узрел любовь ко всему сущему, — молился он в тишине. — Она нужна мне. Я знаю, Господь не забудет, что я — один из слуг Его, возможно, самый слабый из Его избранников. Господи, помоги мне, ибо среди битв я нуждаюсь в покое».

Он вспомнил слова наместника о том, что страх бесполезен. Однако уснуть ему не удавалось. «Мне нужны силы и спокойствие. Пошли мне сон, пока это возможно».

Он решил воззвать к ангелу, но понял, что может услышать то, что ему совсем не понравится, и передумал. Он спустился вниз, чтобы немного успокоиться. Еще не были развязаны узлы с пожитками, которые вдова приготовила для побега.

Он подумал было пойти к ней в комнату. Ему вспомнилось, что сказал Господь Моисею перед сражением: «*И кто обручился с женою и не взял ее, тот пусть идет и возвратится в дом свой, дабы не умер на сражении и другой не взял ее*».

Они еще не были близки. Но эта ночь выдалась особенно тяжелой, и момент был неподходящим.

Илия решил развязать котомки и разложить все вещи по своим местам. Он обнаружил, что, кроме немногих одежд, в узелке вдовы были также инструменты для написания букв Библоса.

Он взял нож, смочил водой небольшую глиняную табличку и принялся выводить буквы. Он научился писать, наблюдая, как работает вдова.

«Как это просто и удивительно!» — подумал он, стараясь отвлечься. Не раз, идя за водой к колодцу, он слышал разговоры женщин: «Греки украли у нас самое важное изобретение». Илия знал, что это не так. Добавив гласные, греки преобразовали алфавит и сделали его доступным всем народам. Кроме того, они назвали собрание пергаментов «*библиями*» в честь города, где изобрели алфавит.

Греческие библии писались на пергаментах — особым образом вычиненной телячьей коже. Илия считал, что это очень хрупкий материал. Кожа не так прочна, как глиняные таблички, и ее легко потерять. Папирусы рвались от того, что их часто брали в руки, и портились от воды.

«Библии и папирусы недолговечны. А глиняные таблички уцелеют», — размышлял он.

Если Акбар не будет разрушен, он скажет наместнику, что необходимо записать историю страны и сохранить глиняные таблички для будущих поколений. Тогда, даже если ассирийцы убьют финикийских жрецов, хранящих в памяти историю своего народа, труд воинов и поэтов не будет забыт.

Илия долго забавлялся, выписывая одни и те же буквы в разном порядке. Когда из них складывались разные слова, Илия искренне удивлялся. Это занятие развеяло его тревогу, и он снова лег спать.

◆

Он проснулся от грохота. Дверь в его жилище выбили и швырнули вниз.

«Это не сон, и это не воинство Божие».

Из всех углов отделялись тени. Они выкрикивали что-то как безумные на непонятном ему языке.

«Ассирийцы».

Двери падали, мощные удары крушили стены, крики врагов смешивались с мольбами о помощи, доносившимися с площади. Он попытался подняться, но одна из теней повалила его на пол. Внизу раздался глухой треск.

— «Пожар, — пронеслось у Илии в голове. — Они подожгли дом».

— Это ты, — услышал он чьи-то сказанные на финикийском языке слова. — Ты — главный. Спрятался в доме женщины, как трус.

Он посмотрел в лицо говорящего. Пламя освещало комнату, он увидел длиннобородого мужчину в доспехах. Да, это были ассирийцы.

— Вы напали на нас ночью? — спросил он в смятении.

Но мужчина не ответил. Илия увидел, как в воздухе сверкнул меч. Один из воинов рассек ему кожу на правой руке.

Илия закрыл глаза. В одно мгновение перед ним пронеслись сцены его жизни. Он снова играл на улицах родного города, впервые отправился в Иерусалим, вдыхал запах распиленного дерева в плотницкой, вновь грезил о морских просторах и людях, одетых так, как одеваются только в портовых городах. Бродил по долинам и горам Земли Обетованной, вспоминал, как впервые увидел Иезавель. Она казалась совсем девочкой и очаровывала всех. Он вновь был свидетелем убиения пророков, опять слышал голос Бога, повелевавший ему идти в пустыню. Он снова увидел глаза женщины, которая ждала его у ворот Сарепты (жители называли город «Акбар»), и понял, что сразу полюбил ее. Он еще раз поднялся на Пятую Гору, воскресил ребенка, и народ принял его как судью и мудреца. Он смотрел на небо, где одно созвездие быстро сменяло другое, удивлялся тому, как в одно мгновенье Луна прошла четыре фазы, ощущал холод и жару, осень и весну, снова был под дождем и вспышками молний. Облака без конца меняли свои очертания, реки неизменно несли воды по одному и тому же руслу. Он вновь пережил день, когда заметил первые ассирийские шатры. Увидел ангелов, огненный меч на пути в Израиль, буквы на табличках, пережил бессонницу, и ...

...снова оказался в настоящем и думал о том, что происходит внизу. Нужно во что бы то ни стало спасти вдову и ее сына.

— Пожар! — крикнул он ассирийским воинам. — Горит дом!

Ему не было страшно. Вдова и ее сын — вот все, что его волновало... Кто-то толкнул его, он упал и почувствовал вкус земли во рту. Он поцеловал землю и сказал, что очень ее любит. Еще он сказал ей, что сделал все, что было в его силах, чтобы избежать войны. Он попытался высвободиться, но кто-то уперся ногой ему в шею.

«Наверное, она убежала, — подумал он. — Они не тронули бы беззащитную женщину».

Глубокое спокойствие овладело его сердцем. Может быть, Господь понял, что он не тот, кто Ему нужен, и нашел другого пророка, чтобы искупить грех Израиля. И вот пришла смерть, мучительная, как он и ожидал. Илия смирился со своей судьбой и стал ждать смертельного удара.

Прошло несколько секунд. По-прежнему раздавались крики, из раны в руке хлестала кровь, а смертельного удара все не было.

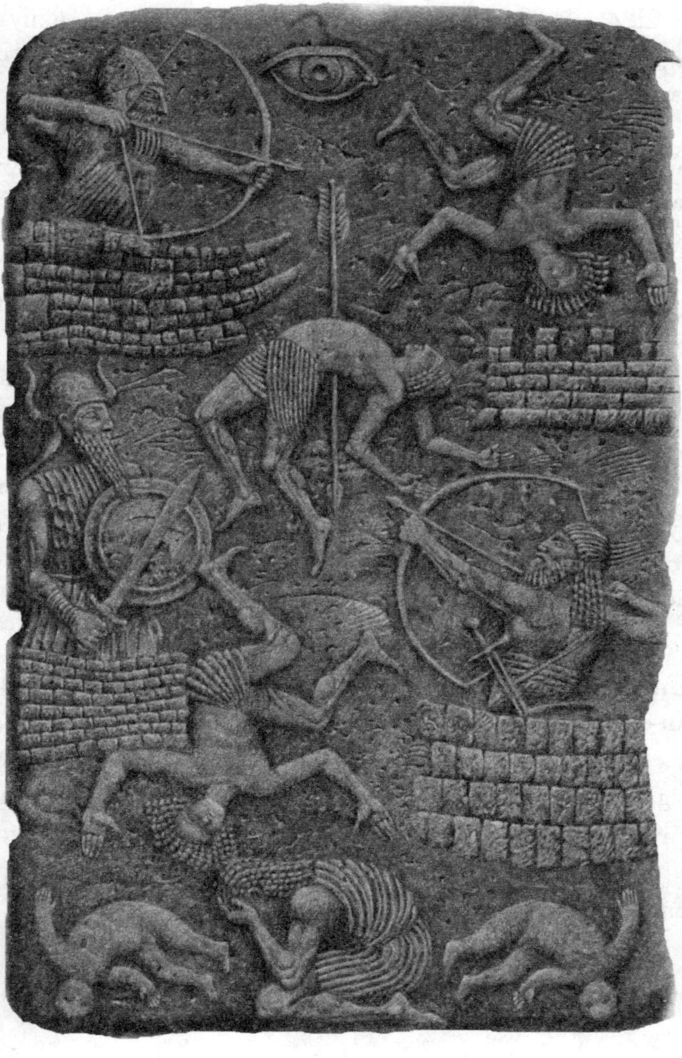

— Скажи им, чтобы меня поскорее убили! — крикнул он, зная, что хотя бы один из ассирийцев понимает его язык.

Никто не обратил внимания на его слова. Они горячо спорили о чем-то. Затем его снова принялись пинать ногами, и Илия, к своему ужасу, почувствовал, что к нему возвращается желание жить.

«Я не могу больше цепляться за жизнь, — в отчаянии подумал он. — Ведь мне уже не удастся выбраться из дома».

Но мир, казалось, навсегда погрузился в хаос криков, шума и пыли. Может быть, Господь сделал то же, что и для Исайи, остановив время в разгар сражения?

Он услышал крики женщины. Превозмогая себя, он сумел оттолкнуть одного из воинов и встать на ноги, но в тот же миг его снова повалили наземь. Ассириец пнул его ногой в голову, и он потерял сознание.

◆

Спустя несколько минут он очнулся. Ассирийцы вытащили его из дома и бросили посреди дороги.

Он с трудом поднял голову. Все дома в округе пылали.

— В доме — невинная и беззащитная женщина! Спасите её!

Крики, беготня, хаос. Он попытался подняться, но его опять сбили с ног.

«Господи, Ты можешь делать со мной все что угодно, ибо я посвятил Тебе свою жизнь и смерть, — молился Илия. — Но спаси ту, что приютила меня!»

Кто-то схватил его за руки и приподнял над землей.

— Иди, посмотри, — сказал ассирийский предводитель, знавший его язык. — Ты это заслужил.

Два стражника схватили его и толкнули к двери. Пламя быстро поглощало дом, озаряя все вокруг. Со всех сторон слышались крики: плакал ребенок, молили о прощении старики, женщины в отчаянии звали своих детей. Но он слышал лишь мольбы той, что приютила его...

— Что вы делаете? Там женщина и ребенок!

— Она пыталась спрятать наместника Акбара.

— Я не наместник Акбара! Это страшная ошибка!

Ассириец подтолкнул его к двери. Крыша горящего дома обрушилась, завалив вдову. Из-под обломков Илия видел лишь ее едва шевелящуюся руку. Вдова умоляла, чтобы ей не дали сгореть заживо.

— Почему вы меня пощадили, а ее нет? — взмолился он.

— Тебя мы тоже не пощадим. Мы хотим, чтобы ты страдал как можно дольше. Наш главный предводитель погиб позорной смертью, забитый камнями перед стенами города. Он пришел к вам с миром, а вы осудили его на смерть. Теперь та же участь ждет тебя.

Илия отчаянно боролся, чтобы освободиться, но стражники увели его. Они вышли на улицы Акбара и окунулись в адское пекло. По лицам воинов градом лился пот, некоторые из них, казалось, были потрясены происходящим. Илия бился в руках стражников и взывал к небесам, но и ассирийцы, и Господь хранили молчание.

Они пришли на площадь. Почти весь город был охвачен пламенем. Треск огня смешивался с воплями людей.

«Хорошо еще, что есть смерть».

Сколько раз он думал об этом после того дня, проведенного в конюшне!

На земле лежало множество трупов воинов Акбара, на которых почти не было доспехов. Он увидел, как люди бегут врассыпную, не понимая, куда бегут, чего ищут. Они бежали, чувствуя, что нужно что-то делать, чтобы противостоять смерти и разрушению.

«Зачем они это делают? — думал Илия. — Неужели они не понимают, что город в руках врага и им некуда бежать?» Все произошло очень быстро. Ассирийцы, воспользовавшись огромным численным превосходством, сумели сберечь в сражении свои силы. Защитники Акбара были уничтожены почти без боя.

На середине площади они остановились. Илию поставили на колени и связали ему руки. Он больше не слышал криков вдовы. Может быть, ее смерть была быстрой и она избежала медленной пытки сожжения заживо. Она была в руках Бога. И прижимала к груди ребенка.

Ассирийские воины тащили пленника с изуродованным от побоев лицом. Но Илия узнал в нем военачальника.

— Слава Акбару! — кричал тот. — Слава Финикии и ее воинам, которые при свете дня сражаются с врагом! Смерть трусам, которые нападают в темноте ночи!

Едва он успел закончить фразу, как над ним сверкнул меч ассирийского воина. Голова военачальника покатилась по земле.

«Теперь мой черед, — сказал себе Илия. — Я снова встречусь с ней в раю, и мы пойдем, взявшись за руки».

◆

В этот момент к ассирийцам подошел мужчина и заговорил с ними. Это был житель Акбара, нередко приходивший на собрания на площади. Илия помнил, что помог ему когда-то разрешить серьезный спор с соседом.

Ассирийцы спорили, разговаривали все громче и указывали на него. Мужчина упал на колени, поцеловал ноги одному из ассирийцев, протянул руки в сторону Пятой Горы и заплакал, как ребенок; ярость ассирийцев немного поутихла.

Казалось, разговор никогда не кончится. Мужчина все время плакал и умолял, указывая на Илию и на дом, где жил наместник. У воинов был такой вид, будто они неприятно удивлены его словами.

Наконец к Илии подошел предводитель, говоривший на финикийском языке.

— Наш лазутчик, — сказал он, показывая на мужчину, — уверяет, что мы ошиблись. Он сам дал нам планы города, ему можно доверять. Ты не тот, кого мы хотели убить.

Он толкнул его ногой. Илия упал на землю.

— Так ты хочешь отправиться в Израиль, чтобы свергнуть сидонскую царевну, захватившую ваш престол? Это правда?

Илия не ответил.

— Скажи мне, правда ли это, — упорствовал предводитель. — И сможешь идти, вернуться в свой дом, чтобы успеть спасти ту женщину и ее сына.

— Да, это правда, — сказал он. Возможно, Господь услышал его и поможет спасти вдову и мальчика.

— Мы могли бы взять тебя в плен и вести с собой, — продолжал ассириец. — Но впереди у нас еще много сражений, и ты будешь лишним грузом на нашей спине. Мы могли бы потребовать за тебя выкуп, но с кого? Ты чужой даже на своей земле.

Предводитель наступил ногой на лицо Илии.

— От тебя нет никакого прока. Ты не нужен ни врагам, ни друзьям. Ты как этот город: не стоит даже оставлять здесь часть нашего войска, чтобы сохранить власть. Когда мы завоюем побережье, Акбар так или иначе окажется у нас в руках.

— У меня один вопрос, — сказал Илия. — Всего один вопрос.

Ассириец недоверчиво посмотрел на него.

— Почему вы напали на Акбар ночью? Разве вы не знаете, что все войны ведутся при свете дня?

— Мы не нарушили закона. Нет такого обычая, который запрещал бы начинать войны ночью, — ответил командир. — У нас было достаточно времени, чтобы изучить ваш город. Вы же думали о своих обычаях и забыли, что все меняется.

Не говоря больше ни слова, ассирийцы оставили его. Лазутчик подошел к нему и развязал руки.

— Я обещал себе, что когда-нибудь отблагодарю тебя за доброту, и я сдержал слово. Когда ассирийцы вошли во дворец, один из рабов сообщил им, что тот, кого они ищут, скрывается в доме вдовы. Пока они добирались до вашего дома, настоящему наместнику удалось сбежать.

Все это для Илии уже не имело никакого значения. Повсюду трещал огонь, отовсюду слышались крики.

В хаосе, царившем вокруг, выделялись люди, которые все еще соблюдали дисциплину. Повинуясь приказу своего предводителя, из города молча уходили ассирийцы.

Сражение в Акбаре закончилось.

◆

«Она погибла, — сказал себе Илия. — Я не хочу идти туда, ведь ее уже нет в живых. Или же она чудом спаслась. Тогда мы найдем друг друга».

Но сердце говорило ему, чтобы он поднялся и шел к дому, где они жили. Илия боролся с собой. В этот момент он думал не только о любви к вдове, но и обо всей жизни, о вере в замысел Божий, о бегстве из родного города, о своем предназначении и о том, может ли он исполнить его...

Он посмотрел вокруг, нет ли где-нибудь меча, чтобы покончить с собой, но оказалось, что ассирийцы унесли из Акбара все оружие. Он хотел броситься в огонь пылавшего дома, но его остановил страх боли.

Некоторое время он лежал неподвижно, постепенно осознавая происходящее. Вдова и ее сын, наверное, покинули этот мир. Теперь ему нужно похоронить их согласно обычаям. Единственной опорой для него остается труд ради Господа. Он исполнит свой религиозный долг, и ему останутся только сомнение и боль.

Но еще теплилась надежда, что они живы. Он не должен бездействовать.

«Зачем мне видеть их обожженные и изуродованные лица? Их души уже возносятся к небесам».

◆

Илия направился к дому, задыхаясь от дыма, застилавшего ему путь. Постепенно он стал понимать, что происходит в городе. Хотя ассирийцы ушли из Акбара, паника все больше овладевала людьми. Они по-прежнему бесцельно метались по городу, плача и взывая к богам.

Он огляделся в поисках помощи. Поблизости был только один мужчина. Он находился в шоковом состоянии и ничего не воспринимал.

«Лучше идти прямо и не просить больше о помощи». Он знал Акбар все равно как свой родной город, и ему удалось найти дорогу, хотя он не узнавал прежних мест. На улице все еще раздавались крики, но люди начинали приходить в себя после пережитой трагедии и осознавали, что надо что-то делать.

— Здесь раненый! — говорил один.

—Нужно еще воды! Мы не справимся с огнем! — кричал другой.

— Помогите! Мой муж не может выбраться!

Он подошел к дому, где много месяцев назад его приютили и приняли как друга. Посреди улицы, почти рядом с домом сидела старуха. Она была совершенно нагая. Илия попытался помочь ей, но она оттолкнула его:

— Она умирает! — закричала старуха. — Иди же сделай что-нибудь! Вытащи ее из-под этой стены!

Она зашлась истерическим криком. Илия схватил ее за руки и оттолкнул, ее вопли мешали ему расслышать голос вдовы. В доме царила полнейшая разруха, и он не мог вспомнить, где в последний раз видел вдову. Пламя затухало, но жара стояла невыносимая. Он ступил на пол, заваленный обломками, и направился туда, где раньше была комната вдовы.

Сквозь уличный шум ему удалось различить стон... Это был ее голос.

Безотчетным движением Илия отряхнул с одежды пыль, как будто хотел выглядеть опрятнее. Он замер и прислушался. Слышался треск огня, мольба о помощи людей, погребенных под руинами в соседних домах. Ему хотелось сказать им, чтобы они замолчали, ведь ему нужно узнать, где находятся вдова и ее сын. Прошло много времени, прежде чем он снова услышал шорох. Кто-то скреб по деревянной доске под ногами.

Илия упал на колени и стал копать как безумный. Он выбрасывал землю, камни, куски дерева. Наконец его рука коснулась чего-то теплого. Это была кровь.

— Пожалуйста, не умирай, — сказал он.

— Не убирай обломки, — услышал он ее голос. — Я не хочу, чтобы ты видел мое лицо. Иди помоги моему сыну.

Он снова принялся копать, и голос повторил:

— Найди тело моего сына. Пожалуйста, сделай то, о чем я тебя прошу.

Илия уронил голову на грудь и тихо заплакал.

— Я не знаю, где он погребен, — сказал он. — Пожалуйста, не уходи. Я так хочу, чтобы ты осталась со мной. Ты должна научить меня любить. Мое сердце уже готово к любви.

— Долгие годы я звала смерть, пока ты не появился в Акбаре. Верно, она услышала и пришла за мной.

Она застонала. Илия молча стиснул зубы. Кто-то дотронулся до его плеча.

Он обернулся в страхе и увидел мальчика. Тот был весь в пыли и копоти, но, похоже, не был даже ранен.

— Где моя мама? — спросил он.

— Я здесь, сынок, — отозвался голос из-под руин. — Ты ранен?

Мальчик заплакал, и Илия обнял его.

— Ты плачешь, сынок, — сказал слабеющий голос. — Не надо плакать. Твоей маме нелегко было понять, что в жизни есть смысл. Я надеюсь, что смогла научить тебя этому. Что стало с городом, в котором ты родился?

Илия и ребенок затихли, прижавшись друг к другу.

— Все хорошо, — солгал Илия. — Мы потеряли немало воинов, но ассирийцы ушли из города. Они искали наместника, чтобы отомстить ему за смерть одного из своих предводителей.

Снова тишина. И снова слабеющий голос.

— Скажи мне, что мой город спасен.

Илия почувствовал, что она умирает.

— Город цел. Твой сын здоров.

— А ты?

— Я уцелел.

Он знал, что эти слова облегчат ей душу и помогут обрести покой.

— Попроси моего сына, чтобы он встал на колени, — сказала через некоторое время вдова. — Еще я хочу, чтобы ты поклялся мне именем Господа Бога твоего.

— Как хочешь. Все что захочешь.

— Однажды ты сказал мне, что Господь вездесущ, и я поверила этому. Ты сказал, что души возносятся не на вершину Пятой Горы, и я снова поверила твоим словам. Но ты так и не объяснил мне, куда они возносятся.

Теперь о клятве. Вы не будете плакать обо мне, а станете заботиться друг о друге до тех пор, пока Господь не разрешит каждому из вас пойти своим путем. Отныне моя душа растворится во всем, что я знала на этой Земле. Я — долина и горы вокруг, город и люди на улицах. Я — раненые, нищие, воины, жрецы, торговцы, знатные люди. Я — земля, по которой ты ступаешь, и вода в колодце, что утоляет жажду.

Не плачьте обо мне, ибо нет причины для грусти. Отныне я — Акбар, и мой город прекрасен.

Настала мертвая тишина, даже ветер стих. Илия больше не слышал криков с улицы и треска огня в соседних домах. Он слышал лишь тишину и мог почти дотронуться до нее, столь осязаемой она была.

Илия отошел в сторону, разорвал на себе одежды и, обращаясь к небесам, возопил во весь голос:

— Господи Боже мой! Ради Тебя я покинул Израиль, но не смог пролить кровь, как израильские пророки. Мои друзья назвали меня трусом, а враги — предателем.

Ради Тебя я питался лишь тем, что мне приносил ворон, прошел через пустыню до Сарепты, которую называют Акбаром. Ведомый Тобой, я повстречал вдову, и сердце мое познало любовь. Но я никогда не забывал о своем истинном предназначении. Я жил здесь, но каждый день готов был вернуться в Израиль.

Сегодня на месте прекрасного города — руины. Под ними покоится женщина, которая верила мне. В чем я согрешил, Господи? Когда отступил от своего пути? Если

Ты был недоволен мною, почему не забрал меня из этого мира? Вместо этого Ты вновь обидел тех, кто помогал мне и любил меня.

Я не могу постичь Твоих замыслов. Я не вижу справедливости в Твоих делах. Я не в силах вынести страданий, на которые Ты меня обрек. Уйди из моей жизни, ибо я сам — руины, огонь и пыль.

Посреди огня и хаоса Илия увидел свет. Явился ангел Господень.

— Зачем ты пришел сюда? — спросил Илия. — Разве ты не видишь, что слишком поздно?

— Я пришел сказать тебе, что Господь снова услышал твою молитву. То, о чем ты просишь, будет дано тебе. Ты не услышишь больше своего ангела, а я не появлюсь перед тобой до тех пор, пока не закончатся дни твоего испытания.

Илия взял мальчика за руку, и они пошли куда глаза глядят. Дым, развеянный ветром, вновь заполнял улицы. «Это похоже на сон, — подумал он. — На ужасный сон».

— Ты солгал моей матери, — сказал мальчик. — Город ведь разрушен.

— Да, солгал. Зато она обрела покой перед смертью, не зная, что стало с городом.

— А она поверила тебе и сказала, что она — Акбар.

Илия наступил на обломки глины и стекла и поранил ногу. Боль напомнила ему, что это не сон, а чудовищная реальность. Они добрались до площади, где еще совсем недавно он собирал народ и помогал решать споры. Пламя пожарищ окрашивало небо в багровый цвет.

— Я не хочу, чтобы моя мама была тем, что я вижу, — упорствовал мальчик. — Ты солгал ей.

Мальчику удавалось выполнить свою клятву матери. Илия не увидел ни слезинки на его лице. «Что я делаю?» — подумал Илия. Из ноги у него сочилась кровь, и он решил не думать ни о чем, кроме боли. Боль заставит его забыть об отчаянии.

Илия осмотрел рану, нанесенную ему мечом ассирийца. Она была не столь глубокой, как он думал. Вместе с мальчиком он спустился к тому месту, где еще недавно стоял со связанными руками и где его спас лазутчик. Он заметил, что люди перестали метаться. Словно живые трупы, они медленно бродили среди дыма, пыли, развалин. Они походили на забытые Богом души, обреченные вечно бродить по земле. Жизнь не имела больше смысла.

Лишь немногие подавали признаки жизни. Илия по-прежнему слышал голоса женщин и неуверенные команды воинов. Однако воинов было немного, и никто им не подчинялся.

Как-то жрец сказал, что мир — это совместный сон богов. А что, если он в самом деле прав? Может ли жрец помочь богам пробудиться от этого кошмара и заснуть более спокойным сном? Когда Илие что-нибудь снилось ночью, он всегда просыпался и снова засыпал. Почему же это не происходит с создателями Вселенной?

Илия то и дело спотыкался о тела умерших. Никому из них не было дела до уплаты податей, до лагеря ассирийцев в долине, религиозных обрядов или жизни странствующего пророка, который передал им когда-то слово Божье...

«Мне нельзя оставаться здесь долго. Она оставила мне наследство — этого мальчика, и я буду достоин его, даже если это последнее, что я сделаю на свете».

Илия с трудом поднялся, взял мальчика за руку, и они снова отправились в путь. В разрушенных лавках и домах орудовали мародеры. Впервые Илия попытался вмешаться в происходящее, требуя прекратить грабеж.

Но его оттолкнули со словами:

— Мы забираем себе остатки того, что доставалось одному наместнику. Не мешай нам.

Илия был не в силах спорить. Он увел мальчика из города, и они отправились в долину. Здесь им не будут являться ангелы с огненными мечами.

«Сегодня полнолуние».

Когда город с его дымом и пылью остался позади, Илия увидел, как луна освещает все вокруг. Несколько часов назад, когда он пытался уйти из города в Иерусалим, он без труда отыскал дорогу. Та же луна благоприятствовала ассирийцам.

Мальчик споткнулся о чье-то тело и вскрикнул. Это оказался жрец. У него были отрублены руки и ноги, но он еще не умер. Его глаза неотрывно смотрели на вершину Пятой Горы.

— Как видишь, финикийские боги победили в небесной битве, — заговорил он с трудом, но спокойно. Изо рта у него текла кровь.

— Позволь мне прекратить твои страдания, — ответил Илия.

— Боль — это ничто по сравнению с радостью от того, что я выполнил свой долг.

— Ты считал своим долгом превратить в руины прекрасный город?

— Город не погибнет, погибнут только его жители и их мысли. Когда-нибудь в Акбар придут другие люди, они будут пить воду из его колодцев, новые жрецы станут бережно охранять и шлифовать камень, поставленный основателем города. Уходи. Моя боль скоро прекратится, а твое отчаяние останется с тобой до конца жизни.

Жрец едва дышал, и Илия оставил его. В тот же миг его окружила толпа людей.

— Это все ты! — кричали они. — Ты опозорил свою родину и навлек проклятье на наш город!

— Пусть боги видят это! Пусть они знают, кто виноват!

Мужчины толкали и трясли его за плечи. Мальчик вырвался из его рук и убежал. Илию избивали, но все его мысли были лишь о мальчике. Он не смог остановить его.

Били его недолго. Похоже, все уже устали от насилия. Илия упал на землю.

— Уходи прочь! — сказал кто-то. — Ты отплатил ненавистью за наше гостеприимство!

Они ушли. У него не было сил подняться. Когда Илия пришел в себя, он почувствовал себя другим человеком. Он не хотел ни умирать, ни жить дальше. Он ничего не хотел: в нем не осталось ни любви, ни ненависти, ни веры.

◆

Он проснулся оттого, что кто-то дотронулся до его лица. Стояла ночь, но луны на небе уже не было.

— Я обещал матери, что буду заботиться о тебе, — сказал мальчик. — Но я не знаю, что делать.

— Возвращайся в город. Люди добры, кто-нибудь приютит тебя.

— Ты ранен, и я должен тебя вылечить. Может быть, появится ангел и скажет мне, что делать.

— Ты совсем не понимаешь, что творится! — крикнул Илия. — Ангелы больше не вернутся, ведь мы обычные люди, а все люди беспомощны перед лицом страданий. Обычным людям приходится уповать только на себя!

Он глубоко вздохнул и попытался успокоиться. Спорить не имело смысла.

— Как ты сюда добрался?

— Я и не уходил.

— Значит, ты видел мой позор. Теперь ты знаешь, что в Акбаре мне делать нечего.

— Ты сказал мне, что любые сражения нужны, даже те, которые мы проигрываем.

Илия вспомнил, как вчера утром они шли к колодцу. С тех пор, казалось, прошли годы. Ему захотелось сказать мальчику, что слова ничего не значат, когда с тобой случается несчастье, но решил не огорчать его.

— Как же тебе удалось спастись от пожара?

Мальчик опустил голову.

— Я не спал в ту ночь. Я решил не спать, чтобы посмотреть, придешь ли ты к маме в комнату. Я видел, как в город вошли первые воины.

Илия поднялся и куда-то пошел. Он хотел найти камень у подножия Пятой Горы, где однажды вечером вместе с вдовой смотрел на заходящее солнце.

«Я не должен туда идти, — думал он. — Мне станет еще тяжелее».

Но какая-то сила влекла его туда. Дойдя до подножия Пятой Горы, он горько заплакал. Как и тот камень, который был символом города, этот был для него символом места, которое так много для него значило. Как для будущих жителей города тот камень больше не будет предметом гордости, так и к этому не прикоснутся с благоговением молодые пары, познающие смысл любви.

Он обнял ребенка и заснул.

Хочу есть и пить, — сказал мальчик, проснувшись.

— Мы можем пойти в дом к пастухам. Они живут недалеко отсюда. С ними ничего не должно было случиться, ведь они не из Акбара.

— Нам нужно возрождать город. Мама сказала, что она — Акбар.

Какой город? Не было больше ни дворца, ни рынка, ни стен. Честные люди превратились в грабителей, молодые воины были убиты. Ангелы больше не вернутся, но это меньше всего волновало Илию.

— Ты считаешь, что в разрушениях, в боли и смерти был какой-то смысл? Ты считаешь, что, уничтожив тысячи жизней, человека можно чему-то научить?

Мальчик в недоумении смотрел на него.

— Забудь то, что я сейчас сказал, — спохватился Илия. — Пойдем искать пастуха.

— И возрождать город, — настойчиво повторил ребенок.

Илия не ответил. Он знал, что больше не сможет влиять на людей, обвинявших его в том, что он принес несчастье. Наместник бежал, военачальник убит, Тир и Сидон скоро падут под иноземным натиском. Наверное, вдова была права: боги приходили и уходили, и на этот раз ушел Господь.

— Когда мы вернемся в Акбар? — снова спросил мальчик.

Илия схватил его за плечи и стал с силой трясти.

— Посмотри назад! Ты не слепой ангел, а мальчишка, который собирался следить за своей матерью. Что ты видишь? Ты заметил столбы дыма, что поднимаются к небу? Ты знаешь, что это означает?

— Мне больно! Я хочу уйти отсюда, уйти!

Илия остановился, испугавшись себя. Никогда еще с ним не случалось такого. Мальчик вырвался и бросился бежать в сторону города. Илия догнал его и упал перед ним на колени.

— Прости меня. Я не соображаю, что делаю.

Мальчик всхлипывал, но по его лицу не скатилась ни одна слезинка. Илия сел рядом с ним, дожидаясь, пока тот успокоится.

— Не уходи, — попросил Илия. — Когда умирала твоя мать, я пообещал ей, что останусь с тобой до тех пор, пока ты не сможешь идти своим путем.

— Ты сказал ей и то, что город цел и невредим. И она сказала...

— Не нужно повторять. Я растерян и подавлен чувством своей вины. Дай мне обрести самого себя. Прости меня, я не хотел сделать тебе больно.

Мальчик обнял его. Но не проронил ни слезинки.

◆

Они подошли к дому посреди долины. В дверях стояла женщина, рядом с ней играли двое маленьких детей. Стадо овец было в загоне. Это означало, что в то утро пастух не ушел в горы.

Женщина со страхом смотрела на мужчину и мальчика, идущих ей навстречу. Ей хотелось поскорее прогнать их, но обычай и боги требовали, чтобы она исполнила закон гостеприимства. Если она не приютит их сейчас, на долю ее детей могут выпасть такие же лишения.

— Денег у меня нет, — сказала она. — Но я могу накормить и напоить вас.

Они сели на маленькой открытой террасе под соломенной крышей. Женщина принесла сушеные смоквы и кувшин с водой. Они молча поели, снова ощущая радости обычной жизни. Дети хозяйки, испугавшись Илии и мальчика, спрятались в доме.

Закончив трапезу, Илия спросил, где пастух.

— Он скоро придет, — ответила она. — Мы слышали страшный шум со стороны города, а сегодня утром кто-то пришел и сказал, что Акбар разрушен. Муж отправился посмотреть, что произошло.

Тут ее позвали дети, и она ушла в дом.

«Бессмысленно пытаться убедить мальчика, — подумал Илия. — Он не оставит меня в покое до тех пор, пока я не сделаю то, о чем он просит. Нужно объяснить ему, что это невозможно, тогда он и сам в этом убедится».

Еда и питье творили чудеса: он снова чувствовал себя частью мира.

В голове Илии с невероятной скоростью проносились мысли, но это был скорее поиск решений, чем ответов на вопросы.

◆

Спустя какое-то время пришел пастух. Он с опаской взглянул на мужчину и мальчика. Он тревожился за свою семью, но скоро понял, что происходит.

— Вы, наверное, бежали из Акбара, — сказал он. — Я как раз оттуда.

— Что там происходит? — спросил мальчик.

— Город разрушен, наместник бежал. Боги нарушили порядок в мире.

— Мы потеряли все, что у нас было, — сказал Илия. — Мы просим тебя приютить нас.

— Мне кажется, моя жена уже приютила вас и накормила. Теперь вам нужно уходить и смириться с неизбежным.

— Не знаю, что делать с мальчиком. Мне нужна помощь.

— Ты знаешь, что делать. Он молод, выглядит смышленым и полным сил. Ты же повидал немало в своей жизни и поможешь ему обрести мудрость.

Пастух осмотрел рану на руке Илии. Он сказал, что рана не слишком серьезная, и ушел в дом, затем быстро вернулся с травами и куском ткани. Мальчик стал помогать ему делать повязку. Когда пастух сказал, что справится и сам, мальчик ответил, что пообещал своей матери заботиться об этом человеке.

Пастух засмеялся.

— Твой сын — человек слова.

— Я не сын ему; но он тоже человек слова. Он собирается возродить город, ведь ему нужно воскресить мою мать — так же, как он воскресил меня.

Илия вдруг понял, из-за чего так переживал мальчик, но, прежде чем он успел что-то сказать, пастух позвал свою жену.

— Лучше возрождать жизнь, — сказал пастух. — Потребуется много времени, прежде чем все станет как прежде.

— Так никогда не будет.

— Ты молод, но похож на мудреца и понимаешь то, что мне недоступно. Однако меня природа научила никогда не забывать, что человек зависит от погоды и от времени года. Только так пастух может пережить то, что неизбежно. Он заботится о своем стаде, бережет каждую овечку, ухаживает за ягнятами, стережет стадо во время водопоя. Но случается, что одна из его овечек вдруг погибает. Укус змеи, клыки дикого зверя или даже падение в пропасть — причины могут быть разные. Но от неизбежного никуда не уйти.

Илия посмотрел в сторону Акбара и вспомнил разговор с ангелом. От неизбежного не уйти.

— Для того чтобы пережить его, нужны терпение и порядок, — сказал пастух.

— И надежда. Когда ее больше нет, невозможно тратить силы на борьбу с неизбежным.

— Дело не в надежде на будущее, а в изменении своего прошлого.

Пастух больше не торопил их; его сердце наполнилось жалостью к этим людям. Трагедия не коснулась его семьи, и ему ничего не стоило помочь путникам, чтобы отблагодарить богов. Кроме того, он слышал об израильском пророке, который поднялся на Пятую Гору и не был поражен небесным огнем. Все указывало на то, что человек, сидящий перед ним, и есть тот пророк.

— Можете остаться у меня еще на один день, если хотите.

— Я не совсем понял то, что ты хотел сказать, — заметил Илия. — Об изменении своего прошлого.

— Всю жизнь мимо моего дома проходили люди. Они направлялись в Тир и Сидон в поисках лучшей жизни. Многие жаловались, что в Акбаре они ничего не добились.

Со временем они возвращались, так и не найдя того, что искали. Беда в том, что вместе со своими пожитками они уносили из Акбара и груз своих неудач. Мало кому удавалось найти себе работу и дать лучшую жизнь своим детям. Прежняя жизнь в Акбаре сделала их робкими и неуверенными.

Но были и другие люди. Они шли в Тир и Сидон полные надежд. Их жизнь в Акбаре была наполнена смыслом. Они мечтали отправиться в путешествие и усердно трудились для осуществления своей мечты. Жизнь для этих людей — полна радости и побед, и так будет с ними всегда.

И эти люди возвращались в Акбар. Они рассказывали много интересного. Они добивались всего потому, что им не мешали неудачи прошлого.

◆

Слова пастуха бередили душу Илии.

— Изменить жизнь не трудно, так же как и поднять из руин Акбар, — продолжил пастух. — Достаточно понять, что надо трудиться так же усердно, как и прежде, и использовать это себе во благо.

Он внимательно посмотрел на Илию.

— Если тебя гнетет прежняя жизнь, поскорее забудь о ней, — сказал пастух. — Придумай новую историю своей жизни и поверь в нее. Вспоминай только о своих победах, и это поможет тебе добиться желаемого.

«Когда-то мне хотелось стать плотником, затем я хотел быть пророком, посланным во спасение Израиля, — подумал Илия. — С небес спускались ангелы, и со мной говорил Господь. Так было до тех пор, пока я не увидел, что Он несправедлив, а помыслы Его — для меня вечная загадка».

Пастух окликнул свою жену и сказал ей, что он остается дома. В конце концов, он уже проделал пеший путь до Акбара, и теперь у него не было желания идти еще куда-то.

— Спасибо, что приютили нас, — сказал Илия.

— Мне ничего не стоит оставить вас у себя.

В разговор вмешался мальчик:

— Мы хотим вернуться в Акбар.

— Подождите до завтра. В городе грабят и бесчинствуют его жители, там не место для ночлега.

Мальчик, закусив губу, смотрел себе под ноги. Он сделал над собой усилие, чтобы не заплакать. Пастух проводил их в дом, успокоил жену и детей. Весь вечер он рассуждал о погоде, стараясь отвлечь Илию и ребенка от переживаний.

*Н*а следующий день Илия и мальчик встали рано, отведали еды, приготовленной женой пастуха, и собрались уходить.

— Пусть твоя жизнь будет долгой, а твое стадо умножится! — сказал у дверей дома Илия. — Я вкусил еды, в которой нуждалось мое тело, а моя душа познала то, что было ей неведомо. Бог никогда не забудет того, что вы сделали для нас, и ваши дети найдут пристанище в чужом краю.

— Я не знаю, кто такой Бог. На Пятой Горе обитает много богов, — сказал пастух резко и тут же заговорил о другом. — Помни о добрых делах, что ты совершил. Это придаст тебе мужества.

— Я сделал очень мало. Но и в этом нет моей заслуги.

— Так знай, тебе предстоит совершить еще много добрых дел.

— Возможно, я мог предотвратить нашествие ассирийцев.

Пастух засмеялся.

— Даже если бы ты был наместником Акбара, тебе бы не удалось остановить то, что неизбежно.

— Наместник должен был послать войско, чтобы напасть на ассирийцев, когда их было еще совсем немного. Или договориться о мире до того, как разразилась война.

— Все, что могло случиться, но не случилось, уносит ветер и не оставляет после себя следа, — сказал пастух. — Жизнь соткана из наших мыслей. *Просто некоторые события нужно пережить, ибо этого хотят боги.* Неизвестно, зачем им это нужно, и нет смысла стараться, чтобы эти события миновали нас.

— Почему?

— Спроси у израильского пророка, что жил в Акбаре. Кажется, у него на все есть ответ.

Он направился к загону для овец.

— Нужно вывести стадо на пастбище, — сказал он. — Вчера они не выходили из загона, и им не терпится поскорее из него выбраться.

Он кивнул Илие и мальчику в знак прощания и ушел со своими овцами.

Мальчик и Илия брели по долине.

— Ты идешь медленно, — говорил ребенок. — Ты боишься того, что может с тобой случиться.

— Я боюсь только самого себя, — ответил Илия. — Люди ничего мне не сделают, ибо мое сердце умерло.

— Бог, вернувший меня из мертвых, еще жив. Он сможет воскресить мою мать, если ты возродишь город.

— Забудь об этом Боге. Он далек от нас и не творит больше чудес, которых мы ждем от Него.

Пастух был прав. Отныне надо было изменять свое прошлое. Забыть, что когда-то ты считал себя пророком, которому надлежит освободить Израиль, но который не смог спасти даже один город.

Размышляя об этом, он испытал удивительное чувство радости. Впервые в жизни он почувствовал, что свободен и может сам распоряжаться своей жизнью. Правда, он не услышит больше ангелов, но зато он свободен и может вернуться в Израиль, снова стать плотником, поехать в

Грецию, чтобы научиться мыслить, как ее мудрецы, или отправиться в далекое плавание вместе с финикийскими моряками.

Когда-то Господь призывал его к мести. Лучшие годы юности он посвятил равнодушному Богу, Который лишь повелевал и вершил дела на Свой лад. Илия привык покоряться Его воле и чтить Его замысел.

Но Бог оставил Илию в ответ на его верность и преданность, а единственная женщина, которую он любил, умерла.

— Ты царишь над миром и звездами, — произнес Илия на родном языке, чтобы мальчик не понял его. — Тебе так же легко разрушить город или страну, как нам — раздавить букашку. Так ниспошли небесный огонь и убей меня сейчас, ибо если Ты этого не сделаешь, я восстану против Тебя.

Вдали показался Акбар. Илия взял мальчика за руку и крепко ее сжал.

— Отныне и до тех пор, пока мы не войдем в ворота города, я буду идти с закрытыми глазами. Я хочу, чтобы ты меня вел, — попросил он мальчика. — Если я умру в пути, сделай то, о чем ты просил меня: возроди Акбар, даже если для этого тебе придется сначала вырасти, а затем научиться плотничать или резать по камню.

Мальчик ничего не сказал. Илия закрыл глаза и, взяв мальчика за руку, пошел за ним. Он слышал шум ветра и звук своих шагов по песку.

Он вспомнил Моисея, который освободил избранный народ и провел его через пустыню, превозмогая огромные трудности. После этого Бог запретил ему входить в Ханаан. Тогда Моисей сказал:

«Дай мне перейти и увидеть ту добрую землю, которая за Иорданом».

Но Господь разгневался на Моисея за эту просьбу. И сказал:

«...полно тебе, впредь не говори Мне более об этом. ...взгляни глазами твоими к морю, и к северу, и к югу, и к востоку, и посмотри глазами твоими; потому что ты не перейдешь за Иордан сей».

Так Господь отплатил Моисею за долгий и тяжелый труд — не дал ему ступить на Землю Обетованную. Что было бы, если бы Моисей ослушался Бога?

Илия вновь мысленно обратился к небесам:

— Господи, эта битва — не между ассирийцами и финикийцами, а между Тобой и мной. Ты не предупредил меня о войне между нами и, как всегда, победил. А мне пришлось исполнить Твою волю. Ты забрал женщину, которую я любил, и Ты разрушил город, давший мне кров, когда я был вдали от дома.

Ветер с силой ударил ему в лицо. Илия испугался, но продолжал:

— Я не могу воскресить вдову, не могу изменить судьбу Твоих разрушительных замыслов. Моисей уступил Тебе и не перешел реку. Я же пойду вперед. Убей меня прямо сейчас, ведь если Ты позволишь мне подойти к воротам, я заново построю город, который Ты хотел сровнять с землей. И пойду против Твоей воли.

Больше он ничего не сказал. Он ни о чем больше не думал и стал ждать смерти. Он долго шел, слыша лишь отзвук шагов на песке. Ему не хотелось слышать ни голосов ангелов, ни грозного Божьего гласа. Сердце его было свободно, он ничего больше не боялся. Но в глубине души поселилась неясная тревога, будто он забыл что-то важное.

Прошло много времени, прежде чем мальчик остановился и дернул Илию за руку.

— Мы пришли, — сказал он.

Илия открыл глаза. Небесный огонь не поразил его. Он стоял перед разрушенными стенами Акбара.

Он посмотрел на мальчика, который держал его за руку, словно боялся, что Илия убежит. Неужели мальчик любит его? Илия не знал. Но об этом можно подумать и позже, а сейчас ему нужно было впервые за долгие годы сделать то, к чему Господь его не призывал.

В воздухе пахло гарью. Хищные птицы кружили в небе, ожидая, когда можно будет наброситься на трупы, гниющие на солнце. Илия подошел к одному из мертвых воинов и вытащил у него из-за пояса меч. В суматохе прошлой ночи ассирийцы забыли собрать оружие за пределами города.

— Зачем тебе это нужно? — спросил мальчик.

— Чтобы обороняться.

— Но там больше нет ассирийцев.

— Все равно, меч пригодится. Мы должны быть наготове.

Голос у него дрожал... Неизвестно, что случится сейчас, когда они перешагнут через полуразрушенную стену, но он был готов убить всякого, кто попытается его остановить.

— Я разрушен, как этот город, — сказал он мальчику. — Но, как и этот город, я еще не довел свое дело до конца.

Мальчик улыбнулся.

— Ты говоришь совсем как в прежние времена, — сказал он.

— Пусть слова не смущают тебя. Раньше я стремился свергнуть с престола Иезавель и вернуть Израиль Богу. Но если Он забыл о нас, то и мы должны забыть о Нем. Моя задача — сделать то, о чем ты меня просишь.

Мальчик недоверчиво посмотрел на него.

— Если Бога нет, моя мать не вернется из мертвых.

Илия погладил его по голове.

— В мир иной ушло лишь тело твоей матери. Она остается с нами. Твоя мама сказала нам, что она — Акбар. Мы должны помочь ей возродить былую красоту.

◆

В городе было тихо. По улицам брели старики, женщины и дети. Это напомнило ему картину в ночь нашествия ассирийцев. Казалось, люди не совсем понимали, что им делать.

Каждый раз, когда кто-то проходил мимо них, мальчик замечал, что Илия крепче сжимает рукоять меча. Но люди не обращали на них никакого внимания. Многие узнавали израильского пророка, некоторые с ним здоровались, но лица их не выражали ничего, даже ненависти.

«Они разучились даже ненавидеть», — подумал он, глядя на вершину Пятой Горы, окутанную облаками. В этот миг ему вспомнились слова Господа:

«Повергну трупы ваши на обломки идолов ваших, и возгнушается душа Моя вами. Опустошу землю вашу, города ваши сделаю пустынею.

Оставшимся из вас пошлю в сердца робость, и шум колеблющегося листа погонит их.

И падут, когда никто их не преследует».

*В*от что ты наделал, Господи: исполнилось слово Твое, по земле все еще бродят живые мертвецы. Ты избрал Акбар прибежищем для них».

Они пришли на главную площадь, сели среди руин и посмотрели вокруг. Похоже, в городе царила еще более безнадежная разруха, чем он думал. Почти во всех домах обрушились крыши, город утопал в грязи, и в воздухе носились полчища мух.

— Нужно убрать трупы, — сказал Илия. — Иначе в главные ворота города войдет чума.

Мальчик сидел, опустив голову.

— Выше голову, — сказал Илия. — Мы должны как следует потрудиться, чтобы твоя мать осталась довольна.

Но мальчик, казалось, не слышал его. Он начинал понимать, что где-то среди этих развалин лежит тело женщины, давшей ему жизнь, и оно подобно тем телам, которые лежат вокруг.

Илия не настаивал. Он встал, положил себе на спину труп и отнес его на середину площади. Он не вспоминал наставлений Господа о погребении мертвых. Все, что он должен был сделать, — не пустить в город чуму, и единственный выход — предать трупы огню.

Он работал все утро. Мальчик так и не сдвинулся с места, ни разу не поднял глаза, но выполнил обещанное своей матери: ни слезинки не упало на землю Акбара.

Рядом остановилась женщина. Она долго смотрела, как трудится Илия.

— Человек, который решал споры живых, убирает теперь тела мертвых, — сказала она.

— Где мужчины Акбара? — спросил Илия.

— Они ушли и унесли с собой последнее, что оставалось. В городе уже нечего делать. Остались только слабые: старики, вдовы и сироты.

— Но здесь жили целые поколения горожан. Нельзя так легко отрекаться от прошлого.

— Попробуй объяснить это тому, кто все потерял.

— Помоги мне, — сказал Илия, поднял еще одно тело и положил его на груду трупов. — Давай предадим эти тела огню, чтобы к нам не явился бог чумы. Он не выносит запаха горелой плоти.

— Пусть приходит бог чумы, — сказала женщина. — И пусть заберет нас всех поскорее.

Илия снова принялся за работу. Женщина села рядом с мальчиком и стала наблюдать за тем, как работает Илия. Через некоторое время она снова подошла к нему.

— Зачем ты спасаешь город, который обречен?

— Если я остановлюсь, чтобы подумать об этом, я не смогу сделать то, что хочу, — ответил он.

Старый пастух был прав: единственное, что ему остается, — забыть прошлое и сотворить для себя новую историю. Прежний пророк умер вместе с вдовой в объятом пламенем доме. Теперь он — человек, не верящий в Бога, терзаемый сомнениями. Но он все еще жив, хотя и бросил вызов самому Богу, не убоявшись Его проклятия. Если он хочет и дальше идти своим путем, то придется поступать так, как он задумал.

Женщина выбрала тело полегче и потащила его за ноги к груде тел, которые собрал Илия.

— Я делаю это не из страха перед богом чумы, — сказала она. — И не ради Акбара, все равно ассирийцы скоро вернутся. Я делаю это ради мальчика, который сидит, опустив голову. Он должен понять, что у него еще вся жизнь впереди.

— Спасибо, — сказал Илия.

— Не благодари меня. Может быть, среди этих руин мы найдем тело моего сына. Ему было примерно столько же лет, сколько и этому мальчику.

Она закрыла лицо рукой и разрыдалась. Илия мягко коснулся ее руки.

— Боль, которую мы чувствуем, не пройдет никогда, но пережить ее нам поможет работа. Страдание не может ранить уставшего человека.

Весь день они посвятили скорбному труду: собирали трупы и укладывали их в одну груду. Почти все тела принадлежали юношам, которых ассирийцы приняли за воинов Акбара. Во многих из них Илия узнавал своих друзей. Слезы застилали ему глаза, но он не прекращал работать.

◆

К концу дня они совсем обессилели. Но они успели сделать далеко не все. Ни один житель Акбара не предложил им свою помощь.

Они вернулись туда, где сидел мальчик. Впервые за все время он поднял голову.

— Я хочу есть, — сказал он.

— Пойду поищу чего-нибудь, — ответила женщина. — Во многих домах осталось достаточно еды, ведь люди готовились к долгой осаде.

— Возьми еды для себя и для меня, ведь мы трудимся в поте лица ради восстановления этого города, — сказал Илия. — А если этот мальчик захочет поесть, ему придется позаботиться о себе самому.

Женщина поняла, в чем дело. Она поступала так же со своим сыном. Она отправилась туда, где раньше стоял ее дом. Грабители перевернули вверх дном почти весь дом в поисках ценных вещей. На полу валялись осколки стекла — все, что осталось от годами собираемой коллекции ваз, изготовленных лучшими мастерами стекольного дела. Наконец ей удалось найти немного муки и сухие фрукты, припрятанные раньше.

Она вернулась на площадь и разделила еду с Илией. Мальчик не проронил ни слова.

К ним подошел старик.

— Я видел, что вы провели весь день, собирая тела умерших, — сказал он. — Вы зря тратите время. Разве вы не знаете, что, как только ассирийцы завоюют Тир и Сидон, они вернутся сюда? Пусть лучше придет бог чумы и уничтожит их.

— Мы трудимся не для них и не для себя, — ответил Илия. — Эта женщина трудится, чтобы показать ребенку, что все еще впереди. А я — для того чтобы показать, что прошлого больше нет.

— Пророк не угрожает больше великой царевне Тирской: какое чудо! Иезавель будет править в Израиле до конца своих дней. Если ассирийцы не проявят великодушия к побежденным, для нас там найдется пристанище.

Илия ничего не сказал. Имя, прежде вызывавшее в нем столько ненависти, звучало сейчас как-то отдаленно.

— Так или иначе, Акбар будет восстановлен, — упорно твердил старик. — Место для возведения города выбирают боги, и они не забудут об Акбаре. А мы можем оставить эту работу для следующих поколений.

— Да, можем. Но не оставим.

Илия повернулся к старику спиной, положив конец разговору.

Женщина, Илия и мальчик ночевали под открытым небом. Женщина обняла мальчика и услышала, как от голода у него урчит в животе. Она решила дать ему немного еды, но тут же передумала. Телесная усталость в самом деле ослабляет душевную боль, и этому мальчику, который, похоже, очень много страдал, нужно было чем-то заняться. Возможно, голод заставит его трудиться.

На следующий день Илия и женщина снова принялись за работу. Старик, приходивший накануне вечером, опять подошел к ним.

— Мне нечем заняться. Я мог бы помочь вам, — сказал он. — Но я слишком слаб, чтобы носить на себе тела умерших.

— Тогда собирай кирпичи и щепки. Выметай золу.

Старик принялся делать то, что ему сказали.

◆

Когда солнце достигло зенита, Илия, обессиленный, опустился на землю. Он знал, что ангел по-прежнему рядом с ним, но он больше не услышит его. «Да и к чему мне это? Ангел не смог помочь мне, когда я ждал помощи, а теперь мне не нужны его советы. Главное — навести в этом городе порядок и показать Богу, что я способен Ему противостоять. Затем я могу уйти, куда пожелаю».

Иерусалим был не очень далеко — всего семь дней пешего хода. Путь не был трудным, но ведь на родине его считали предателем. Может быть, лучше отправиться в Дамаск или найти место писца в одном из греческих городов.

Он почувствовал чье-то прикосновение, обернулся и увидел мальчика. В руках тот держал небольшой кувшин.

— Я нашел его в одном доме, — сказал мальчик, протягивая ему кувшин.

Кувшин был полон воды. Илия залпом выпил воду.

— Съешь что-нибудь, — сказал он. — Ты трудишься и заслужил вознаграждение.

Впервые с той ночи, когда ассирийцы напали на Акбар, на губах мальчика показалась улыбка, и он стремглав бросился к тому месту, где женщина держала муку и фрукты.

Илия вернулся к работе. Он входил в разрушенные дома, раздвигал обломки, выносил тела умерших и складывал их в общую кучу посреди площади. Повязка на его руке, сделанная пастухом, слетела, но он не придал этому значения. Он должен был доказать себе, что у него хватит сил снова обрести достоинство.

Старик, который убирал мусор на площади, был прав. Скоро вернутся враги, чтобы собрать урожай, посеянный не ими. Илия старался для тех, кто убил его любимую. Он знал, что ассирийцы суеверны и во что бы то ни стало восстановят город. Согласно поверьям, боги воздвигали города, чтобы те гармонично сочетались с долинами, животными, реками и морями. В каждом городе боги хранили священный участок земли, чтобы отдыхать там во время долгих странствий по свету. Поэтому, если город подвергался опустошению, боги грозили обрушить на землю небеса.

Как гласит легенда, много веков назад через эти места шел с севера основатель Акбара. Он решил здесь заночевать и воткнул в землю свой посох, чтобы отметить место, где оставил свои пожитки. На следующий день он не смог вытащить посох из земли и понял, что такова воля Вселенной. На том месте, где произошло чудо, он установил камень, а неподалеку обнаружил родник. Со временем вокруг камня и колодца стали селиться племена. Так возник город Акбар.

Когда-то наместник объяснил ему, что, согласно финикийским поверьям, каждый город был *третьей точкой*, связующим звеном между волей небес и волей земли. Вселенная способствовала тому, чтобы семя превратилось в растение. Земля позволяла ему расти, человек собирал его плоды и уносил в город, где освящали дары богам. Затем эти дары оставляли на священных горах... Илия странствовал немного, но он знал, что в это верят многие народы в мире.

Ассирийцы боялись оставить богов Пятой Горы без пищи. Им не хотелось нарушать равновесие во Вселенной.

«Зачем я об этом думаю, если борьба идет между моей волей и волей Господа, Который покинул меня в печали?»

К нему снова вернулось то же чувство, что и накануне. Он словно забыл что-то важное и не мог вспомнить, хотя изо всех сил напрягал память.

Прошел еще один день. Когда они собрали почти все тела, к ним подошла еще одна женщина.

— Мне нечего есть, — сказала она.

— Нам тоже, — ответил Илия. — Вчера и сегодня нам пришлось разделить на троих то, что предназначалось только для одного. Посмотри, где можно добыть пищу, и скажи мне.

— Как же я узнаю об этом?

— Спроси у детей. Они все знают.

С тех пор как мальчик принес кувшин с водой, он, казалось, стал снова ощущать вкус к жизни. Илия велел ему помогать старику собирать мусор и щепки, но никак не удавалось заставить его работать подолгу. Вот и сейчас он играл с другими детьми на площади.

«Тем лучше. Он еще наработается вволю, когда повзрослеет». Но Илия не жалел о том, что заставил его голодать целую ночь под тем предлогом, что тот должен трудиться. Если бы он обращался с мальчиком как с бедным сиротой, пострадавшим от жестокости ассирийских воинов, тот никогда не смог бы преодолеть горечь утраты и тоску, которые овладели им, едва они вошли в город. Теперь Илия хотел оставить его на несколько дней в покое, чтобы тот сам попытался осмыслить случившееся.

— Откуда детям знать? — настаивала женщина, которая просила у него еды.

— Сходи и убедись сама.

Старик и женщина увидели, что она разговаривает с детьми, игравшими на улице. Дети ей что-то сказали. Она обернулась, на ее лице мелькнула улыбка, и она исчезла за поворотом.

— Как ты догадался, что дети знают о запасах пищи? — спросил старик у Илии.

— Я тоже был когда-то ребенком и знаю, что у детей нет прошлого, — сказал он, снова вспоминая разговор с пастухом. — Нападение ассирийцев той ночью очень напугало их, но сейчас они уже не думают об этом. Город превратился в огромную огороженную площадь, где никто не мешает им бегать. Играя в свои игры, они и наткнулись на запасы пищи. Жители города спрятали их, надеясь пережить осаду Акбара.

Ребенок может научить взрослого трем вещам: радоваться без всякой причины, всегда находить себе занятие и настаивать на своем. Ведь из-за этого мальчишки я и вернулся в Акбар.

◆

В тот вечер еще несколько женщин и стариков присоединились к людям, собиравшим тела умерших. Дети отгоняли хищных птиц и приносили тряпье и щепки. Когда опустилась ночь, Илия разжег огонь, и огромная груда тел занялась пламенем.

Оставшиеся в живых молча смотрели на клубы дыма, поднимающиеся к небу.

Закончив работу, Илия упал в изнеможении. Перед сном к нему вернулось то чувство, которое он испытал утром. Он отчаянно пытался вспомнить что-то очень важное. Это не имело никакого отношения к тому, чему он научился в Акбаре. Нет, то была древняя история, которая, похоже, и объясняла все происходящее.

◆

В ту ночь остался Иаков один. И боролся Некто с ним, до появления зари. И, увидев, что не одолевает его, сказал: «отпусти Меня».

И сказал Иаков: «не отпущу Тебя, пока не благословишь меня».

И сказал: как имя твое? Он сказал: Иаков.

И сказал: отныне имя тебе будет не Иаков, а Израиль; ибо ты боролся с Богом, и человеков одолевать будешь.

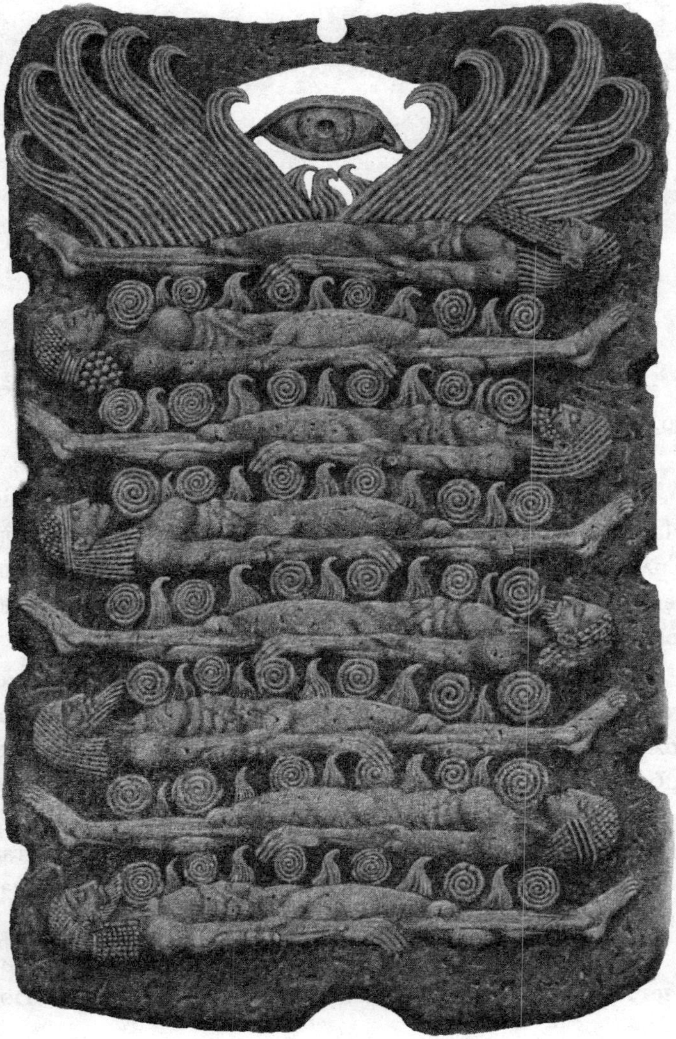

В тот же миг Илия проснулся и посмотрел на небо. Вот чего он никак не мог вспомнить!

Давным-давно патриарх Иаков ночевал в стане, и вошел в стан Некто и боролся с ним до появления зари. Иаков боролся, хотя и знал, что его противник — Бог. Солнце взошло, а Бог еще не одолел Иакова. Иаков перестал бороться только тогда, когда Бог согласился благословить его.

Эта история передавалась из поколения в поколение, чтобы никто не забывал: *иногда нужно бороться с Богом*. С каждым человеком может случиться несчастье: гибель города, смерть сына, несправедливое обвинение, неизлечимая болезнь. В это время Бог *испытывает* человека, чтобы тот ответил на Его вопрос: «зачем ты так цепляешься за жизнь, ведь она коротка и полна страданий? Какой смысл в твоей борьбе?»

Тогда тот, кто не может ответить на этот вопрос, смиряется. А тот, кто ищет смысл жизни, решает, что Бог поступил несправедливо. Такой человек пойдет против своей судьбы. В этот миг с небес нисходит другой огонь — не тот, что убивает, а тот, что разрушает старые стены и открывает каждому его истинный дар. Трусливые никогда не допустят, чтобы этот огонь зажег их сердце. Все, что им нужно, — чтобы новое в жизни скорее стало привычным. Тогда они смогут жить дальше и думать так, как прежде. А храбрые предают огню все старое и, даже ценой огромного душевного страдания, оставляют все, *в том числе и Бога*, и идут вперед.

«Храбрые всегда упрямы».

Глядя с неба, Господь улыбается от радости, ведь как раз этого Он и хочет — чтобы каждый человек сам отвечал за свою жизнь. В конце концов Господь щедро одарил своих детей способностью делать выбор и принимать решение.

Только те, у кого в сердце зажегся священный огонь, осмеливаются бороться с Богом. И только они знают обратный путь к Его любви, ибо приходят к пониманию того, что *несчастье — это испытание, а не наказание.*

Илия восстановил в памяти каждый свой шаг. С тех пор, как он покинул плотницкую, он, не колеблясь, принял свою судьбу. Даже если это и есть его истинное предназначение (а он был в этом уверен), то ему никогда не представлялось возможности узнать, что ждало его на тех дорогах, от которых он отказался. Ведь он боялся утратить свою веру, преданность и волю. Он считал, что жить как все — опасно, ведь в конце концов можно привыкнуть и полюбить то, что тебя окружает. Илия не понимал, что он такой же человек, как и всякий другой, хотя слышит ангелов и следует указаниям Бога. Он был так уверен в правильности своего пути, что поступал так же, как те люди, которые не приняли ни одного важного решения в жизни.

Он бежал от сомнений. От неудач. От нерешительности. Но Господь был великодушен, Он привел его к неизбежному, чтобы показать, что человек должен *выбирать*, а не *принимать* свою судьбу.

Много, много лет назад стояла ночь, подобная этой. В ту ночь Иаков не отпустил Бога, пока Он не благословил его. Только тогда Господь спросил его: «*Как имя твое?*»

Вот в чем дело: в имени. Когда Иаков ответил, Бог окрестил его *Израилем*. У каждого человека с младенчества есть имя, но важно суметь найти имя для своей жизни — слово, которое должно сообщить этой жизни смысл.

«*Я — Акбар*», — сказала она.

Понадобилось пережить гибель города и смерть любимой женщины, чтобы Илия понял, что ему нужно имя. В ту же минуту он назвал свою жизнь *Освобождением*.

◆

Он поднялся. На площади все еще клубился дым над прахом погибших. Предав эти тела огню, он нарушил древний обычай своей страны, требовавший хоронить людей согласно обрядам. Решаясь на сожжение тел, он боролся с традицией и с Богом. Но он чувствовал, что не совершает греха, ведь это был единственный выход в новых условиях. Милость Бога безгранична, но Он неумолим в Своей строгости к тем, кто не решается дерзать.

Он снова посмотрел на площадь. Люди еще не спали. Они неотрывно смотрели на языки пламени, будто это пламя пожирало их воспоминания, прошлое, двести лет мира и апатии. Настал конец времени страха и надежды, теперь остается лишь возрождение — или поражение.

Эти люди, как и Илия, могут выбрать себе имя. *Примирение, Мудрость, Любящий, Паломник* — нет счета именам, как звездам в небе. Каждому нужно найти имя для своей жизни.

Илия поднялся и стал молиться:

«Господи, я боролся с Тобой и не стыжусь этого. Я понял, что иду своим путем, потому что желаю этого, а не потому, что меня принудили к этому родители, обычаи моей земли или Ты сам.

К Тебе, Господи, хотел бы я вернуться в этот миг. Хочу воздать хвалу Тебе от всего сердца, а не по трусости человека, не сумевшего избрать другой путь. Но для того, чтобы Ты доверил мне Свой важный замысел, я должен продолжить борьбу с Тобой, пока Ты не благословишь меня».

Возрождение Акбара. То, что Илия считал борьбой с Богом, стало на самом деле новой встречей с Ним.

*Н*а следующее утро снова пришла женщина, которая спрашивала, где достать еды. Она привела с собой других женщин.

— Мы нашли хранилища с едой, — сказала она. — Теперь нам хватит пищи на весь год, ведь многие погибли или бежали вместе с наместником.

— Доверьте старикам распределять продукты, — сказал он. — Они знают, как навести порядок в городе.

— У стариков нет желания жить.

— В любом случае, попросите их прийти.

Женщина уже собиралась уходить, но Илия ее остановил.

— Ты умеешь писать с помощью букв?

— Нет.

— Я научился этому и могу научить тебя. Тебе это понадобится, чтобы помочь мне управлять городом.

— Но ведь ассирийцы вернутся.

— Когда они придут, им потребуется наша помощь, чтобы управлять городом.

— Зачем же нам помогать врагу?

— Я делаю это для того, чтобы каждый человек смог дать имя своей жизни. Враги — лишь предлог, чтобы мы испытали свою силу.

◆

Как он и предполагал, старики пришли.

— Акбар нуждается в вашей помощи, — сказал Илия. — Сейчас вы не можете позволить себе роскошь быть старыми. Нам нужна молодость, которая у вас когда-то была.

— Мы не знаем, как вернуть молодость, — ответил один из них. — Она скрылась за морщинами и разочарованиями.

— Это не так. У вас никогда не было *очарований*, потому молодость вас покинула. Теперь же настало время отыскать ее, ведь мы с вами мечтаем об одном — возродить Акбар.

— Разве мы можем осуществить невозможное?

— Можете, если к вам вернется надежда.

Глаза, подернутые грустью и унынием, немедленно засияли. Они уже не бесполезные жители города, приходившие на народные собрания, чтобы было о чем поговорить в конце дня. Теперь у них впереди важная миссия — они были нужны.

Самые крепкие из стариков искали среди разрушенных стен все, что могло пригодиться для восстановления уцелевших домов. Самые старые помогали рассыпать в полях прах умерших, чтобы во время сбора урожая люди вспоминали о тех, кто погиб. Другие взяли на себя труд собирать зерно, хранившееся по всему городу, печь хлеб и носить воду из колодца.

Прошло два дня. Вечером Илия собрал всех жителей города на площади, уже расчищенной от обломков. Зажгли факелы, и он заговорил:

— У нас нет выбора, — сказал он. — Мы можем оставить этот труд иноземцам. Но это означает, что мы лишаем себя единственного шанса, данного нам этой бедой, — изменить, перестроить свою жизнь.

Прах умерших, преданных огню несколько дней назад, взойдет весной молодыми ростками. Сын, которого вы потеряли в ночь нашествия, воплотился в детей, которые беззаботно бегают по разрушенным улицам и забавляются тем, что забегают в сгоревшие дома и играют в свои игры... Пока только детям удалось *пережить* случившееся, потому что у них нет прошлого. Все, что для них важно, — это настоящее мгновение. Давайте и мы попытаемся жить как они.

— Разве может человек заглушить в сердце боль от потери? — спросила одна женщина.

— Нет, но он может найти утешение в своих делах.

Илия повернулся и указал на вершину Пятой Горы, утопавшую в облаках. Теперь, когда стены Акбара были разрушены, гора стала хорошо видна с площади.

— Я верю в единого Бога, а вы считаете, что боги живут на облаках, окутывающих вершину Пятой Горы. Я не хочу сейчас говорить о том, что мой Бог сильнее или могущественней. Я хочу говорить не о наших различиях, а о том, что у нас общее. Беда заставила нас испытать одно чувство — отчаяние. Почему это произошло? Потому, что мы считали, будто все уже нами решено и определено, и не могли смириться с какими-либо переменами.

— Мы с вами принадлежим к торговым народам, но мы умеем вести себя и как воины, — продолжал он. — А воин всегда знает, за что стоит бороться. Он не вступает в сражения, которые его не касаются, и никогда не тратит время на жалость к себе.

Воин признает поражение. Он не воспринимает его равнодушно и не старается обратить в победу. Он страдает от горечи потери, от равнодушия и приходит в отчаяние от одиночества. Затем, пережив все это, он излечивает свои раны и начинает все заново. Воин знает, что война состоит из многих сражений. Он идет вперед.

От несчастья никуда не уйти. Мы можем найти причину, винить других людей, представить, какой была бы наша жизнь, не случись беды. Но все это не имеет значения: несчастье уже случилось. С этой минуты мы должны забыть страх, который оно вызывало в нас, и начать возрождение.

Отныне пусть каждый из вас даст себе новое имя. Это будет священное имя, которое в одном слове выразит все то, за что вы боролись. Для себя я выбрал имя «Освобождение».

На время площадь погрузилась в молчание. Затем поднялась женщина, первая из тех, кто помогал Илие.

— Мое имя — *Воссоединение*, — сказала она.

— Мое имя — *Мудрость*, — заговорил старик.

Сын вдовы, которую так сильно любил Илия, выкрикнул:

— Мое имя — *Алфавит*.

Люди на площади разразились смехом. Мальчик, пристыженный, снова опустился на место.

— Как может человек назвать себя *Алфавитом?* — крикнул другой мальчуган.

Илия хотел было вмешаться, но решил, что мальчику нужно уметь самому постоять за себя.

— Это было делом моей матери, — сказал мальчик. — Каждый раз, глядя на буквы, я буду вспоминать о ней.

На этот раз никто не засмеялся. Один за другим сироты, вдовы и старики Акбара произносили свои новые имена. После того, как все назвали себя, Илия попросил людей лечь спать пораньше. На следующий день нужно было опять начинать работу.

Илия взял мальчика за руку, и они пошли на площадь, где был сооружен навес из ткани.

С этого дня Илия стал учить мальчика письменности Библос.

Дни складывались в недели, и облик Акбара менялся. Мальчик быстро научился писать буквы и мог уже соединять их в отдельные слова. Илия поручил ему записать на глиняных табличках историю восстановления города.

Глиняные таблички обжигали в печи, превращали в керамику и бережно хранили в доме одной пожилой пары. В конце каждого дня жители города собирались на площади. Илия расспрашивал стариков об их жизни, а затем записывал их рассказы на глиняных табличках.

— Мы будем хранить память об Акбаре на табличках, ведь они не подвластны огню, — объяснял он. — Когда-нибудь наши дети и внуки узнают о том, что мы не смирились с поражением и пережили неизбежное. Это послужит для них примером.

Каждый вечер после занятий с мальчиком Илия бродил по пустынному городу, приходил к тем воротам, откуда начиналась дорога в Иерусалим, стоял некоторое время в раздумье, но так и не решался уйти.

Тяжелый труд вынуждал его думать только о настоящем. Он знал, что жители Акбара связывают с ним надежды на восстановление города. Он уже разочаровал их, когда не сумел помешать смерти ассирийского лазутчика и предотвратить войну. Но Господь всегда дает своим детям вторую возможность, и Илия не должен ее упускать. Кроме того, он все больше привязывался к мальчику и старался научить его не только буквам Библоса, но также вере в Бога и мудрости древних.

И все же Илия не забывал, что на его родной земле по-прежнему правят чужеземная царица и чужеземный бог. Не было больше ангелов с огненными мечами, он был волен уйти, когда угодно, и делать то, что считает нужным.

Каждую ночь Илия думал о том, чтобы уйти из города. Каждую ночь он воздевал к небу руки и молился:

«Иаков боролся всю ночь, и лишь на рассвете получил Твое благословение. Я же борюсь с Тобой дни и месяцы, а Ты не хочешь услышать меня. Посмотри вокруг! Ты поймешь, что я одержал победу: Акбар поднимается из руин, я восстанавливаю город, обращенный Тобою и ассирийскими мечами в прах и пепел.

Я буду бороться с Тобой до тех пор, пока Ты не благословишь меня и плоды моего труда. Когда-нибудь Тебе придется ответить мне».

◆

Женщины и дети носили в поля воду и боролись с засухой, которой, казалось, не будет конца. Однажды, когда нещадное солнце раскалилось добела, Илия услышал, как кто-то сказал:

— Мы работаем не покладая рук и не вспоминаем больше о страданиях той ночи. Мы совсем забыли, что ассирийцы вернутся в Акбар после того, как разграбят Тир, Сидон, Библос и всю Финикию. Труд помогает нам. Но, хотя мы целыми днями пытаемся возродить наш город, ничто не меняется. Мы не видим плодов нашего труда.

Илия долго размышлял об этих словах. Он предложил людям в конце дня собираться у подножия Пятой Горы и созерцать вместе закат Солнца.

Обычно люди так уставали, что почти не разговаривали друг с другом. Но они понимали, как важно иногда уйти от тягостных мыслей и повседневной суеты. И тогда их сердца освобождались от тревоги и им удавалось обрести силы и вдохновение для следующего дня.

В тот день Илия проснулся и сказал людям, что не будет работать.

— Сегодня на моей земле отмечают День Искупления.

— В твоей душе нет греха, — сказала ему одна женщина. — Ты делаешь много добрых дел.

— Нужно соблюдать обычай, и я не нарушу его.

Женщины отправились носить в поля воду, старики вернулись к своим делам: они возводили стены и обрабатывали древесину для дверей и окон. Дети помогали формовать из глины маленькие кирпичи, которые потом обжигали на огне. Илия смотрел на них и чувствовал радость в душе. Затем он ушел из города и направился в долину.

Он шел куда глаза глядят и читал молитвы, которые выучил в детстве. Солнце еще не взошло, и гигантская тень Пятой Горы нависала над долиной. Его охватило ужасное предчувствие: борьба между Богом Иэраилевым и богами финикийцев будет длиться еще очень долго — возможно, тысячи лет.

◆

Он вспомнил, как однажды ночью поднялся на вершину горы и говорил с ангелом. Однако с тех пор, как был разрушен Акбар, он больше не слышал голоса с небес.

— Господи, сегодня День Покаяния. Я много согрешил пред Тобою, — сказал он, повернувшись в сторону Иерусалима. — Я был слабым, потому что забывал о собственной силе. Был мягким, когда нужно было быть твердым. Не делал выбора из страха принять неверное решение. Я слишком рано отрекся и проклинал Тебя, вместо того чтобы быть благодарным.

Господи, но и Ты согрешил предо мною. Ты заставил меня страдать свыше моих сил, Ты забрал из этого мира ту, кого я любил. Ты разрушил город, который дал мне кров, Ты сбивал меня с пути. Твоя жестокость заставила меня почти забыть о любви к Тебе. Все это время я боролся с Тобой, а Ты не хочешь принять мою борьбу.

Если сравнить мои грехи и Твои, то увидишь, что Ты у меня в долгу. Но поскольку сегодня День Покаяния, прости меня, и я прощу Тебя, и мы сможем дальше идти вместе.

В этот миг подул ветер, и он почувствовал, что с ним говорит его ангел:

— Ты поступил правильно, Илия. Бог принял твою борьбу.

Из глаз Илии хлынули слезы. Он упал на колени и поцеловал сухую землю долины.

— Спасибо, что ты пришел ко мне, ибо во мне еще живо сомнение: не грех ли так поступать?

Ангел молвил:

— Разве воин обижает своего учителя, когда борется с ним?

— Нет. Это единственный способ научиться бороться.

— Так продолжай борьбу до тех пор, пока Господь не призовет тебя в Израиль, — сказал ангел. — Поднимись! Докажи, что твоя борьба нужна, ибо ты сумел направить свой корабль против течения неизбежного. Многие плывут по этому течению и терпят бедствие. Других это течение увлекает в чужие им края. Ты же не боишься встречного ветра, ты выбрал верный курс и стараешься обратить боль в действие.

— Жаль, что ты слеп, — сказал Илия. — А то увидел бы, как сироты, вдовы и старики смогли возродить город. Скоро все станет таким, как прежде.

— Надеюсь, что *не станет*, — сказал ангел. — Ведь они слишком дорого заплатили за то, чтобы изменить свою жизнь.

Илия улыбнулся. Ангел был прав.

— Надеюсь, ты будешь действовать как те, кому дан еще один шанс: не совершишь ту же ошибку дважды. Никогда не забывай о смысле своей жизни.

— Не забуду, — ответил он, радуясь, что ангел вернулся.

Караваны больше не шли через долину. Должно быть, ассирийцы разрушили дороги и проложили новые торговые пути. Каждый день на единственную уцелевшую башню городской стены поднимались дети. Им было поручено следить, не покажется ли на горизонте ассирийское войско. Илия готовился достойно их встретить и передать им власть.

Затем он покинет Акбар.

Но с каждым новым днем он чувствовал, что Акбар — это часть его жизни. Может быть, его предназначение не в том, чтобы свергнуть Иезавель, а в том, чтобы остаться здесь с этими людьми до конца своих дней. Возможно, ему уготовано стать жалким рабом ассирийцев. Он будет помогать восстанавливать торговые пути, выучит язык врага, а в свободное время будет заниматься библиотекой, которая с каждым днем пополняется все новыми табличками.

Когда-то ночью он увидел город, лежащий в руинах, и ему тогда показалось, что все кончено. Теперь он думал иначе: несчастье поможет преобразить город, сделать его еще прекраснее. Будут расширены дороги, возведены более прочные крыши, а воду из колодца можно будет доставлять по трубам в самые дальние концы города. Возрождалась и его душа. Каждый день он узнавал что-нибудь новое от стариков, детей и женщин. Эти люди тоже изменились. В свое время они не покинули Акбар, так как были беспомощны. Теперь же они полны сил и знают, что нужно делать.

«Если бы наместник только мог представить себе, на что способны эти люди, он организовал бы защиту города иначе, и Акбар не был бы разрушен».

Поразмыслив немного, Илия понял, что ошибается. Акбар должен был быть разрушен, чтобы пробудить дремавшие в людях силы.

◆

Прошло несколько месяцев, а ассирийцы так и не появились. Акбар был почти полностью восстановлен, и Илия теперь мог подумать о будущем. Женщины отыскивали уцелевшие ткани и шили из них новые платья. Старики налаживали быт и отвечали за порядок и чистоту в городе. Дети помогали, если их просили об этом, хотя чаще проводили дни в играх — основном своем занятии.

Илия и мальчик жили в небольшом каменном доме, построенном там, где раньше было городское хранилище. Каждую ночь жители Акбара собирались вокруг костра

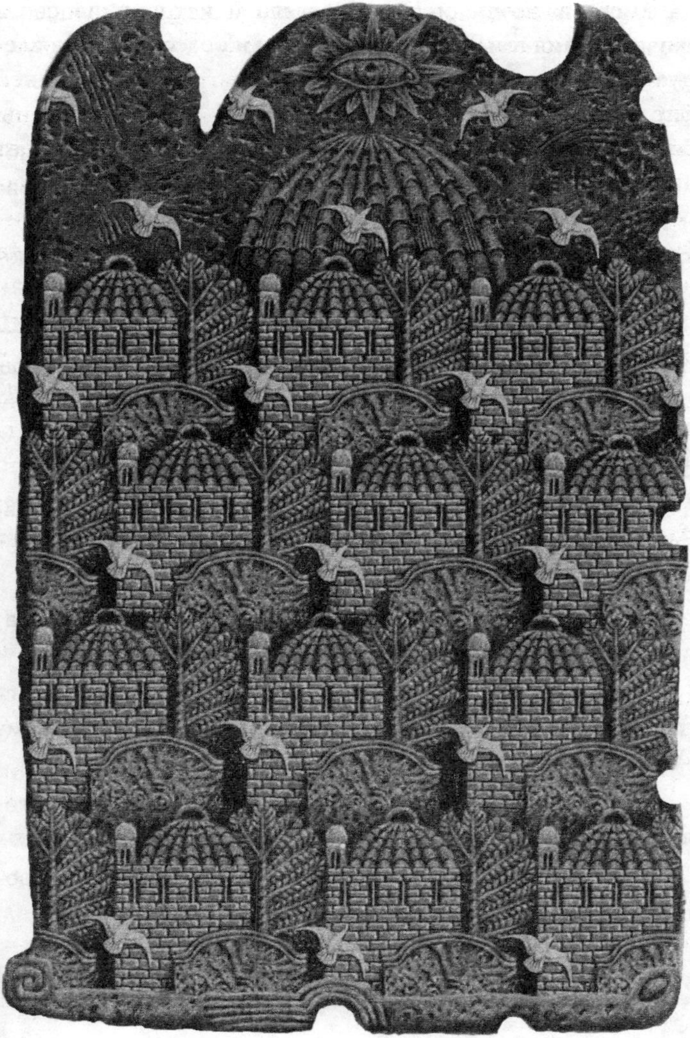

на главной площади и рассказывали истории из своей жизни. Илия и мальчик записывали их рассказы. На следующий день они обжигали таблички. С каждым днем библиотека пополнялась.

Женщина, потерявшая сына, тоже изучала буквы Библоса. Когда Илия увидел, что она умеет складывать слова и предложения, он попросил ее обучить алфавиту и остальных. Когда вернутся ассирийцы, жители Акбара смогут служить при них переводчиками или учителями.

— Это как раз то, чему пытался помешать жрец, — сказал однажды старик. Он дал себе имя *Океан*, чтобы душа его была такой же безбрежной. — Он не хотел, чтобы письменность Библоса сохранилась и прогневила богов Пятой Горы.

— Кто может предотвратить неизбежное? — произнес Илия.

Днем люди работали, вечером собирались вместе и смотрели на заходящее Солнце. А потом они рассказывали друг другу истории.

Видя, как постепенно город возрождается, Илия испытывал гордость и все больше привязывался к новому Акбару.

По лестнице башни сбежал один из мальчуганов, стоящих на дозоре Акбара.

— Я видел пыль на горизонте! — взволнованно проговорил он. — Враг идет обратно!

Илия поднялся на башню и убедился, что мальчик говорит правду. Он рассчитал, что уже на следующий день ассирийцы будут у ворот Акбара.

В тот же день он попросил жителей города не ходить к Пятой Горе, а собраться на площади. Когда все собрались, Илия заметил, что люди охвачены страхом.

— Сегодня мы не будем рассказывать истории о прошлом и не будем говорить о будущем Акбара, — сказал он. — Давайте поговорим о нас самих.

Никто не вымолвил ни слова.

— В тот день, когда на небе сияла полная луна, случилось то, что все предвидели, но с чем не хотели мириться: был разрушен Акбар. Когда ассирийское войско покинуло город, мы увидели, что наши лучшие воины убиты. Те, кому удалось спастись, решили уйти, поняв, что нет смысла оставаться. Не смогли уйти только старики, вдовы и сироты — те, кто никому не нужен.

— Взгляните вокруг. Площадь стала еще красивее, чем прежде, дома — еще прочнее. Мы собрали запасы пищи и разделили их на всех. Теперь все люди изучают письменность, созданную в Библосе. В городе хранятся таблички, на которых мы записываем нашу историю. Следующие поколения будут помнить о наших делах.

Сегодня мы знаем, что в городе больше нет стариков, сирот и вдов. Вместо них теперь — молодые люди, полные надежд, жизнь которых обрела имя и смысл.

Восстанавливая город, мы знали, что ассирийцы вернутся. Мы знали, что когда-нибудь нам придется отдать им наш город, а вместе с городом — наш нелегкий труд и радость от сознания, что город стал прекраснее, чем раньше.

Пламя костра озарило лица людей: многие плакали. Даже дети, обычно игравшие во время вечерних собраний, внимательно слушали то, что говорит Илия. Он продолжал:

— Но важно не это. Мы исполнили свой долг перед Богом, ибо приняли Его вызов и оказались достойны его. До той страшной ночи Он все время говорил нам: *идите вперед!* Но мы Его не слушали. Почему?

Потому что каждый из нас уже определил свое будущее. Я собирался свергнуть Иезавель; та, чье имя теперь *Воссоединение*, хотела, чтобы ее сын стал моряком; тот, кого теперь зовут *Мудрость*, собирался провести остаток своих дней на площади за чашей вина. Мы привыкли к священной тайне жизни и уже не придавали ей значения.

И Господь сказал Себе: *они не хотят идти вперед? Тогда они еще долго будут стоять на одном месте!*

Только теперь мы поняли смысл его слов. Стальные мечи унесли жизни наших юношей, а страх заставил многих бежать из города. Где бы они ни были сейчас, они все еще *стоят на месте*. Они смирились с проклятием Бога.

Мы же *боролись с Богом*. Так же как и с теми, кого любили в своей жизни, ибо эта борьба нас благословляет и делает мудрее. Беда послужила нам уроком, мы исполнили свой долг перед Богом и доказали, что готовы покориться Его слову и *идти вперед*. Даже в самые тяжелые времена мы шли вперед.

В жизни бывают времена, когда Бог требует от нас послушания. Но порой Он призывает нас к борьбе, чтобы испытать нашу волю. Тем самым Он дает нам почувствовать свою любовь. Мы поняли Его замысел, когда рухнули стены Акбара: они открыли нам горизонты, и каждый из нас увидел, на что он способен. Мы задумались о жизни и решили, что нужно жить дальше.

Мы многого добились.

Илия заметил, как снова заблестели глаза людей. Они поняли его слова.

— Завтра я сдам Акбар без боя. Я свободен и мог бы уйти, когда захочу, ибо я выполнил то, чего ждал от меня Господь. Но мой труд, моя кровь и моя единственная любовь останутся на земле этого города. Я решил остаться здесь до конца своих дней и не позволить, чтобы город был снова разрушен. Каждый из вас волен принять любое решение, но никогда не забывайте: вы намного лучше, чем казались себе раньше.

Вы использовали шанс, который дала вам беда. Не все на это способны.

Илия поднялся и объявил, что собрание окончено. Он предупредил мальчика, что вернется поздно, и велел, не дожидаясь его, ложиться спать.

◆

Он направился к храму, единственному уцелевшему во время нападения зданию. Храм не пришлось восстанавливать, хотя ассирийцы разбили статуи богов. Илия с трепетом коснулся камня, который, согласно легенде, стоял там, где в далекие времена усталый путник воткнул свой посох в землю и наутро не смог его вытащить.

Илия подумал о том, что в его стране Иезавель велела возвести такие же храмы, и теперь часть его народа поклонялась там Ваалу и его божествам. И прежнее предчувствие овладело его душой. Война между Богом Израилевым и богом финикийцев будет длиться еще очень долго, дольше, чем можно себе представить. Илия, словно во сне, увидел звезды, пересекающие Солнце и посылающие на Землю опустошение и смерть. Люди, говорящие на непонятном языке, седлали стальных зверей и сражались друг с другом среди облаков.

— Не это ты сейчас должен видеть, ибо еще не пришло время, — услышал он голос ангела. — Взгляни вокруг.

Илия сделал так, как было сказано. Очнувшись, он увидел полную луну, освещавшую дома и улицы Акбара. Несмотря на поздний час, он слышал разговоры и смех. Жители Акбара продолжали радоваться жизни и были готовы к новому повороту судьбы, хотя знали, что в город скоро войдут ассирийцы.

Вдруг он заметил чью-то тень. Он знал, что это была та, кого он так сильно любил. Теперь она снова гордо шла по городу. Он улыбнулся и почувствовал, что она коснулась его лица.

— Я горжусь тобой, — казалось, говорила она. — Теперь я вижу, что Акбар прекрасен, как прежде.

Илия почувствовал, как к глазам подступили слезы, но он тут же вспомнил мальчика, который не проронил ни слезинки, и сдержал себя. В памяти его пронеслись самые прекрасные мгновения, когда он был с вдовой: с той самой встречи у ворот города до той минуты, когда она написала на глиняной табличке слово «любовь». Он снова увидел ее платье, волосы, тонкие черты лица.

— Ты сказала мне, что ты — Акбар. Поэтому я заботился о тебе, лечил твои раны и теперь возвращаю тебя к жизни. Я хочу, чтобы ты была счастлива.

Еще я хотел сказать тебе: я тоже — Акбар, но не знал этого.

Илия чувствовал, что она улыбается.

— Пустынный ветер давно развеял наши следы на песке. Но всю свою жизнь я буду помнить о нашей встрече, и ты, как прежде, будешь жить в моих снах и наяву. Спасибо тебе, что ты вошла в мою жизнь.

Он ночевал там же, в храме, и во сне чувствовал, как она нежно гладит его волосы.

Группа торговцев направлялась в Акбар. Их предводитель увидел, что навстречу идут люди в донельзя изношенной одежде. Решив, что это грабители, он приказал своим спутникам взяться за оружие.

— Кто вы такие? — спросил он.

— Мы — народ Акбара, — ответил бородатый мужчина. Глаза его блестели. В его речи слышался чужеземный выговор.

— Акбар разрушен. Правители Тира и Сидона поручили нам отыскать колодец, чтобы по этой долине снова ходили караваны. Этот торговый путь не должен прерываться.

— Акбар жив, — продолжил мужчина. — А где ассирийцы?

— Весь мир знает, где они, — засмеялся предводитель торговцев. — Они удобряют нашу землю. И давно кормят наших птиц и диких зверей.

— Но ведь они были сильным войском.

— Войско не может быть сильным, если заранее знать, когда оно собирается напасть на нас. Акбар послал гонцов предупредить о приближении ассирийцев. Тир и Сидон устроили им засаду в долине. Тех, кто выжил в сражении, продали в рабство наши моряки.

Люди в лохмотьях, плача и смеясь, бросились обнимать и поздравлять друг друга.

— Да кто же вы? — настойчиво повторил купец. — Кто ты такой? — спросил он, указывая на бородатого мужчину.

— Мы — молодые воины Акбара, — ответил тот.

◆

Настало время сбора третьего урожая. Наместником Акбара все еще был Илия. Первое время этому противился прежний наместник, который хотел вернуться в Акбар и, согласно обычаю, занять свое место. Однако жители города отказались признать его власть и даже грозились отравить воду в колодце. Наконец финикийские правители уступили их требованиям. В конце концов важен был не сам город, а вода, которой он обеспечивал путешественников. Финикийские правители помнили о том, что в Израиле правит их царевна. Даруя власть израильтянину, они надеялись укрепить этим торговый союз с Израилем.

Весть о том, что Илия стал наместником, разнесли повсюду торговые караваны. Лишь немногие в Израиле продолжали считать Илию последним из предателей. Со временем Иезавель заставит их замолчать, и в обеих странах снова воцарится мир. Царица была довольна тем, что один из злейших врагов стал ее лучшим союзником.

◆

Когда по городу поползли слухи о новом нашествии ассирийцев, Илия велел заново отстроить крепостные стены. Была создана новая система обороны: дорогу между Тиром и Акбаром теперь охраняли военные отряды и дозорные. Таким образом, в случае осады одного города другой мог перебросить войска по суше, а морем доставить запасы пищи.

Акбар процветал. Новый наместник-израильтянин использовал письменность для строгого контроля над сбором податей. Старейшины активно участвовали в управлении городом, присматривая за всеми сделками и терпеливо разрешая возникавшие споры.

Женщины занимались земледелием и ткацким ремеслом. Еще раньше, когда Акбар был отрезан от внешнего мира, им пришлось изобретать новые виды вышивки для тех тканей, которые чудом сохранились в городе. Когда в городе наконец появились торговцы, они были очарованы мастерством вышивальщиц и сразу же стали заказывать им работу.

Дети изучали письменность Библос. Илия был уверен, что когда-то она пригодится им.

В тот день он вышел в поле и, как всегда накануне сбора урожая, вознес Богу благодарение за щедрые милости, которые Он посылал городу все эти годы. Он увидел людей с корзинами, полными зерна; рядом играли дети. Он помахал им рукой, они весело откликнулись в ответ.

С радостью в душе он направился к камню, где когда-то вдова подарила ему глиняную табличку со словом «любовь». Каждый день приходил он сюда, чтобы посмотреть на заходящее Солнце и восстановить в памяти каждый миг, проведенный им с любимой.

И было слово Господне к Илии в третий год: Пойди и покажись Ахаву, и Я дам дождь на землю.

Сидя на камне, Илия увидел, как все вокруг задрожало и закачалось. Небо почернело, но через мгновение снова засияло Солнце.

Он увидел свет. Перед ним был ангел Господень.

— Что это было? — в страхе спросил Илия. — Неужели Бог простил Израиль?

— Нет, — ответил ангел. — Он хочет, чтобы ты вернулся и освободил свой народ. Твоя борьба с Ним окончена, и в эту минуту Он благословил тебя. Он велел тебе уйти и продолжать свой труд на той земле.

Илия был ошеломлен.

— Но почему именно сейчас, когда мое сердце вновь обрело покой?

— Вспомни урок, который ты получил, — сказал ангел. — И вспомни, что Господь сказал Моисею:

«*И помни весь путь, которым вел тебя Господь,*

Бог твой,

чтобы смирить тебя, чтобы испытать тебя
и узнать,

что в сердце твоем.
Когда будешь есть и насыщаться,
и построишь хорошие дома и будешь жить в них;
И когда будет у тебя много крупного

и мелкого скота,
то смотри, чтобы не надмилось сердце твое,
и не забыл ты Господа, Бога твоего».

Илия посмотрел на ангела:

— А как же Акбар? — спросил он.

— Город проживет и без тебя, ибо ты оставил наследника. Акбар будет жить долго.

И ангел Господень исчез.

*И*лия и мальчик подошли к подножию Пятой Горы. Среди жертвенных камней пророс кустарник. С тех пор, как умер жрец, никто не приходил сюда приносить жертвы Ваалу и другим божествам.

— Давай поднимемся на гору, — сказал Илия.

— Это запрещено.

— Ты прав, это запрещено. Но кто сказал, что это опасно?

Он взял мальчика за руку, и они стали подниматься в гору. Время от времени они останавливались и смотрели вниз на долину. Засуха преобразила пейзаж до неузнаваемости. Все вокруг, кроме возделанных земель рядом с Акбаром, напоминало суровую пустыню Египта.

— Друзья сказали мне, что ассирийцы вернутся, — сказал мальчик.

— Возможно, но наш труд не был напрасен. Бог избрал этот путь, чтобы научить нас.

— По-моему, Ему нет до нас дела, — сказал мальчик. — Но почему Он был так жесток к нам?

— Может быть, Бог пытался достучаться до нас, но понял, что мы не слушаем Его. Мы были заняты своей жизнью и не читали Его знаков.

— А где они написаны?

— Они повсюду. Если внимательно присмотреться к тому, что случалось с нами, станет ясно, где сокрыты Его слова и Его замысел. Старайся исполнить то, что Он просит: в этом и состоит смысл твоей жизни на Земле.

— Если я это пойму, то напишу на глиняных табличках.

— Сделай это. Но самое главное, напиши эти слова в своем сердце. Там их никто не сможет уничтожить или сжечь, и ты унесешь их куда захочешь.

Они пошли дальше. Теперь облака были совсем близко от них.

— Я не хочу туда идти, — сказал мальчик, показывая на облака.

— Они не сделают тебе ничего плохого: это всего лишь облака. Пойдем со мной.

Он взял мальчика за руку, и они поднялись выше. Шаг за шагом входили они в густой туман. Мальчик прижался к нему и не говорил ни слова, хотя Илия и пытался время от времени разговаривать с ним. Они ступали по голым скалам, приближаясь к вершине горы.

— Пойдем обратно, — попросил мальчик.

Илия решил не настаивать. Этот мальчик за свою короткую жизнь успел натерпеться немало страха и горестей. Илия сделал, как он просил, — они вышли из тумана и снова увидели внизу долину.

— Когда-нибудь ты найдешь в библиотеке Акбара книгу, которую я написал для тебя. Она называется «*Наставление Воину Света*».

— Я — воин света? — спросил мальчик.

— Ты знаешь, какое у меня имя? — спросил Илия.

— *Освобождение*.

— Присядь рядом со мной, — сказал Илия, указывая на камень. — Я не должен забывать свое имя. Мне нужно продолжать свой путь, хотя больше всего я хочу остаться с тобой. Для этого и был восстановлен Акбар — чтобы научить нас идти вперед, каким бы трудным ни казался путь.

— Ты уйдешь.

— Откуда ты знаешь? — удивился Илия.

— Я написал это на табличке вчера ночью. Что-то подсказало мне, может быть, это была мама, а может — ангел. Но я уже чувствовал это в своем сердце.

Илия погладил его по голове.

— Тебе открылась воля Бога, — обрадовался он. — Значит, тебе не нужно ничего объяснять.

— Я прочел грусть в твоих глазах. Это было нетрудно. Мои друзья тоже это заметили.

— Грусть, которую вы прочли в моих глазах, — лишь часть моей жизни. Но она продлится всего несколько дней. Завтра, когда я отправлюсь в Иерусалим, мне будет уже немного легче, и постепенно грусть исчезнет. Печали не вечны, когда мы идем навстречу нашей мечте.

— Неужели всегда нужно уходить?

— Важно вовремя понять, что один этап твоей жизни подошел к концу. Если ты захочешь задержаться больше положенного срока, то лишишься радости и смысла жизни. И рискуешь быть наказанным Богом.

— Господь суров.

— Лишь с избранными.

◆

Илия посмотрел сверху на Акбар. Да, порой Господь бывает очень суров, но не настолько, чтобы человек не смог выдержать Его гнева. Мальчик не знал, что на том месте, где они сидят, Илие явился ангел Господень и научил его, как вернуть ребенка из царства мертвых.

— Ты будешь жалеть о том, что я ушел? — спросил он.

— Ты сказал мне, что печаль проходит, если мы идем вперед, — ответил мальчик. — Еще много нужно сделать, чтобы Акбар стал таким прекрасным, как того заслуживает моя мать. Она ходит по улицам города.

— Приходи сюда, когда будешь нуждаться во мне. Повернись лицом к Иерусалиму: помни, что я буду там, пытаясь оправдать смысл своего имени — *Освобождение*. Наши с тобой сердца связаны навсегда.

— Для этого ты и привел меня на вершину Пятой Горы? Чтобы я увидел Израиль?

— Чтобы ты увидел долину, город, другие горы, скалы и облака. Так повелось, что Господь велит своим пророкам подниматься в горы, чтобы они могли говорить с Ним. Я всегда спрашивал себя, зачем это нужно Богу, а теперь я знаю ответ: с вершины горы лучше видно, как незначительно все, что внизу.

Наши победы и наши печали уже не так важны. То, чего мы добились или потеряли, лежит там, внизу. С высоты горы ты видишь, как необъятен мир и как широки горизонты.

Мальчик посмотрел вокруг. Он вдыхал запах моря, омывающего побережье Тира, ощущал дуновение ветра, доносившееся из пустыни Египта.

— Когда-нибудь я буду править Акбаром, — сказал он Илии. — Я знаю, что мир огромен, но в городе мне знаком каждый уголок. Я знаю, что нужно изменить в Акбаре.

— Так измени это. Не оставляй все как есть.

— Неужели Бог не мог избрать другого пути для нас? Было время, когда я считал, что Он жесток.

Илия погрузился в молчание. Он вспомнил разговор с пророком-левитом много лет назад, когда они сидели в конюшне и со страхом ждали, что воины Иезавели ворвутся и убьют их.

— Разве может Бог быть злым? — упорствовал мальчик.

— Бог Всемогущ, — ответил Илия. — Он может все, для него нет ничего запретного. Иначе существовал бы более могущественный Некто, который ограничивал бы власть Бога. Тогда я предпочел бы поклоняться и почитать этого, более могущественного Некто.

Он выждал несколько мгновений, чтобы мальчик понял смысл его слов. Затем продолжил:

— Но, обладая безграничной властью, Он решил творить только Добро. Чем больше опыта мы приобретаем в жизни, тем лучше понимаем, что нередко Добро скрывается под личиной Зла, но от этого оно не перестает быть Добром. Оно лишь часть замысла Божьего в отношении людей.

Илия и мальчик молча вернулись в Акбар.

◆

В ту ночь мальчик заснул, крепко прижавшись к нему. Как только рассвело, Илия бережно высвободился из объятий ребенка, стараясь не разбудить его.

Затем он облачился в свою единственную одежду и вышел из дома. По дороге он поднял с земли палку и решил, что она послужит ему посохом. Он подумал, что никогда с ним не расстанется: посох будет напоминать ему о борьбе с Богом, о разрушении и возрождении Акбара.

Не оглядываясь назад, Илия отправился в Израиль.

Спустя пять лет Ассирия снова напала на Финикию. На этот раз ее войско было лучше обучено, а предводители обладали большим опытом. Под властью иноземных завоевателей оказалась вся Финикия, кроме Тира и Сарепты, известной жителям под названием Акбар.

Мальчик вырос и стал править городом. Современники считали его мудрецом. Он прожил долгую жизнь и умер в окружении своих близких. Перед смертью он все время повторял, что «нужно сохранять красоту и силу города, ибо его мать до сих пор ходит по этим улицам». Благодаря совместной системе обороны Тир и Сарепта в течение долгого времени противостояли врагу. Лишь в 701 г. до н. э., почти через 160 лет после событий, описанных в этой книге, они были завоеваны ассирийским царем Сеннаххерибом.

С тех пор финикийские города так и не смогли возродить былую славу. Им довелось пережить целый ряд нашествий: нововавилонское, персидское, македонское, селевкийское и, наконец, римское. И все же эти города сохранились до наших дней, ибо, согласно древним поверьям, Бог не выбирает случайных мест, если хочет поселить там людей. Тир, Сидон и Библ и сегодня принадлежат к Ливану, который все еще остается полем битвы.

*И*лия вернулся в Израиль и собрал пророков на горе Кармил. Там он разделил их на тех, кто поклоняется Ваалу, и тех, кто верит в Господа. Следуя наставлениям ангела, он дал пророкам Ваала тельца и предложил им воззвать к небесам, чтобы их бог принял этот дар. В Библии сказано:

«В полдень Илия стал смеяться над ними и говорил: кричите громким голосом, ибо он бог; может быть, он задумался, или занят чем-либо, или в дороге, а может быть, и спит.

И стали они кричать громким голосом, и кололи себя, по своему обыкновению, ножами и копьями — но не было ни голоса, ни ответа, ни слуха».

И взял Илия своего тельца и принес его в жертву, как учил его ангел Господень. В этот миг «ниспал огонь Господень и пожрал всесожжение, и дрова, и камни». Через некоторое время пошел сильный дождь, положив конец четырем годам засухи.

Сразу после этого в Израиле разразилась гражданская война. Илия велел казнить пророков, предавших Господа. Тогда Иезавель приказала найти и убить Илию. Он же скрывался в той части Пятой Горы, что была обращена в сторону Израиля.

Сирийцы завоевали страну и убили царя Ахава, мужа царевны Тирской. Ахава поразила стрела, пущенная случайно и ранившая его сквозь швы лат. Иезавель пряталась в своем дворце. После целого ряда народных восстаний, восхождения и падения многих правителей ее нашли. Когда ее попытались взять в плен, она отказалась сдаться и предпочла выброситься из окна.

Илия оставался на горе до конца своих дней. Библия рассказывает, что однажды, когда он разговаривал с Елисеем — пророком, которого он избрал своим преемником, — «явилась колесница огненная и кони огненные, и разлучили их обоих, и понесся Илия в вихре на небо».

Почти восемьсот лет спустя Иисус пригласил Петра, Иакова и Иоанна подняться вместе с Ним на высокую гору. В Евангелии от Матфея сообщается, что Иисус «перед ними преобразился; лицо Его, как солнце, засияло, а одежды Его белые стали, как свет. И вот, явились к ним Моисей и Илия и говорили с Ним».

Иисус просил апостолов не рассказывать об этом видении, пока Сын Человеческий из мертвых не воскреснет, но они ответили, что это случится только тогда, когда Илия возвратится.

Конец этого эпизода изложен дальше (Матф, 17: 10—13):

И спросили Его ученики, говоря: «Что это книжники говорят, будто должен сначала Илия прийти?» И Он ответил и сказал: «Илия, истинно, придет и все приготовит. Но говорю вам, что Илия уже приходил — и его не узнали, но с ним учинили, как только хотели...»

Ученики тогда поняли, что Он говорил им об Иоанне Крестителе.

Пресвятая Дева, без греха зачавшая, моли Бога о нас, да не постыдимся в уповании на Тебя.

Наши книги можно приобрести:

Магазины в Москве

1. **Магазин-клуб изд-ва «София»**,
   ст. м. Таганская, ул. Б. Каменщики, д. 4, тел. 912-17-64
2. **«Мир Печати»**,
   ст. м. Белорусская, ул. 2-я Тв.-Ямская, д. 54, тел. 978-36-73
3. **«Библио-Глобус»**,
   ст. м. Лубянка, тел. 928-86-28, 928-87-44, 925-24-57
4. **«Белые облака»**,
   ст. м. Китай-город, ул. Покровка, д. 3, тел. 921-61-25
5. **«Молодая гвардия»**,
   ст. м. Полянка, ул. Б.Полянка, д. 28, тел. 238-50-01
6. **Московский дом книги**,
   ст. м. Арбатская, ул. Новый Арбат, д. 8, тел. 290-45-07
7. **«Москва»**, ст. м. Тверская, ул. Тверская, 8, тел. 229-64-83
8. **«Путь к себе»**,
   ст. м. Белорусская, Ленинградский пр., 10а, тел. 257-39-87
9. **«Игра в бисер»**, тел. 265-59-15

В других городах России

С.-Петербург,
   «Роза Мира», ст. м. Технологический институт, 6-я Красноармейская ул., д. 25, тел. (812) 146-87-36, 310-51-35
Новосибирск,
   «Топ-книга», ул. Арбузова, 111, тел. (3832) 36-10-26
Волгоград,
   «Техническая книга», ул. Мира, 11, тел. (8442) 36-35-97
Ростов-на-Дону, «Баро-пресс», тел. (8632) 62-33-03
Иркутск, «Продалитъ», тел. (3952) 51-30-70

Ессентуки,
  ООО «Россы», ул. Октябрьская, 424, тел. (86534) 6-93-09
Хабаровск, «Дело», тел. (4212) 34-77-39
Нальчик,
  «Книжный мир», ул. Захарова, 103, тел. (86622) 5-52-01
Екатеринбург, «Гуманитарий», тел. (3432) 22-84-07
  «Валео-Книга», тел. (3432) 42-07-75, 42-56-00
Липецк,
  «7 лучей», ул. Терешковой, д. 7/1, тел. (0742) 34-81-24
Ижевск, «Рифма», тел. (3412) 75-22-33
Тюмень, «Встреча», ул. Республики, 29, тел. (3452) 46-68-40
Тамбов, «Богема», тел. (0752) 47-27-72
Н. Новгород, «Дом книги», тел. (8312) 44-22-73
Самара,
  «Катюша» тел. (8462) 42-96-28, «Твой путь» ул. Новосадовская, д. 149 (ТЦ Пассаж), тел. (8462) 35-48-90 доб. 107
Пермь, ПБОЮЛ Поносов, тел. (3422) 12-87-19, 12-97-23
Петрозаводск, ООО «Ксения», тел. (8142) 74-19-29
Мурманск
  «Тезей» ул. Свердлова, д. 40/2, тел. (8152) 33-59-06

Литературно-художественное издание
КОЭЛЬО, ПАУЛО
Пятая гора

Перевод
А. Эмин

Редакторы
И. Старых,
М. Добровольский

Корректоры
Е. Введенская,
Е. Ладикова-Роева,
Т. Зенова

Художник
В. Ерко

Оригинал-макет
И. Петушков

**Подписано к печати 26.05.2001 г. Формат 70×100/32.
Бумага офсетная № 1. Гарнитура "Миньон".
Усл. печ. лист. 11,05. Зак. № 3755.
Цена договорная. Тираж 15 000 экз.**

Издательство "София",
03049, Украина, Киев-49, ул. Фучика, 4, кв. 25
http://www.ln.com.ua/~sophya

ООО Издательство "София",
Лицензия ЛР №064633 от 13.06.96
109172, Россия, Москва, Краснохолмская наб., 1/15, кв. 108

ООО Издательский дом "Гелиос"
Изд. лиц. ИД № 03208 от 10.11.2000
109427, Москва, 1-й Вязовский пр., д.5, стр.1

Отпечатано в полном соответствии
с качеством предоставленных диапозитивов
в ОАО "Можайский полиграфический комбинат".
143200, г. Можайск, ул. Мира, 93